Nishioki & Ugai
「ブラックジャックの罠」

「ぁ……っく、……はぁ……、……あっ、──ぁああ……っ！」
引き裂かれた瞬間、味わわされたのは言葉にならない喜びだ。
脳天まで突き抜けるような快楽に、
気を失いそうになる。（本文P.180より）

Chara

# ブラックジャックの罠

中原一也

キャラ文庫

この作品はフィクションです。
実在の人物・団体・事件などにはいっさい関係ありません。

目次



ブラックジャックの罠

口絵・本文イラスト／小山田あみ

# プロローグ

金曜日の夜の街は人で溢《あふ》れ、賑《にぎ》わいを見せる。

ホテルの前には高級車がいくつも並び、ポーターたちが客を案内したり荷物を中に運び入れたりしていた。外国人の姿も多く、この辺りだけ見ると日本ではないようだ。

大きな観覧車の前にはいつも人が並んでいて、何かを売ろうとしているのか、行列の客に声をかける男の姿もある。喧嘩《けんか》騒ぎらしい声も聞こえたが、制服警官がそちらに走っていったあと、怒鳴り合う声はしばらくすると収まった。

パトカーや救急車のサイレンの音も、よく聞こえてくる。

東京《とうきょう》ニューカジノシティ。

カジノ特区法案が可決され、日本でもカジノ経営が認められるようになってから約十年。東京と埼玉《さいたま》の県境に位置するこの辺りを、そう呼ぶようになっていた。

特区のおかげで観光客は増え、日本経済も上向きになっていた。ショービジネスも盛んになり、ラスベガスやマカオと並んで観光地としての地位も確立されつつある。

日本のサービス業は世界でもトップクラスで、特にここ二、三年は人気も知名度も急激に上昇し、これまで世界一の地位を守ってきたマカオに迫る勢いだ。日本のカジノを目当てに、金持ちたちが世界中から遊びにやってくる。

街は活性化し、のどかな郊外の風景が広がる土地は、今や眠らない街として活気に溢れていた。

しかし、その弊害があるのも否定できない。

街に集まる観光客の財布を狙《ねら》い、置き引きやスリなどの犯罪は以前より増え、ドラッグの売人が検挙される回数も多くなった。それらの犯罪を取り締まるために、街中には常に警察官の姿がある。海外に比べると治安はいいほうだが、それでも日本の中では危険な繁華街というイメージができつつある。

カジノ特区法案の反対派が懸念していたことが、徐々に現実のものとなってきていると言っていいだろう。

そんな街の喧騒が嘘《うそ》のように、あるホテルの一室はまるで別世界のようだった。明かりは消され、静まり返っている。窓は大きく取られているがカーテンが閉められているため、ネオンの光はまったく見えない。

ベッドサイドに設置してある時計のデジタル表示は、二十三時半過ぎになっていた。

他に光といえば、バスルームのドアの隙間《すきま》から漏れるものだけだ。シャワーの音がしているが、もう一時間も部屋の中の様子は変わっていない。

時間の感覚を忘れさせるようなその音だけが延々と続いていたが、日付が変わる頃、静けさを打ち破るようにチャイムが鳴った。十秒ほど置いて、もう一度鳴らされる。

それでも部屋に動きはなく、今度は三秒置きに何度かチャイムが鳴ったあと、鍵《かぎ》が開けられた。

「お客様」

険しい顔で飛び込んできたのは、ホテルの従業員だった。中年の男性ともう少し若い男性の従業員がゆっくりと入ってくる。部屋の電気がつけられ、人の姿がないのを確認した二人は顔を見合わせた。

そして、中年の従業員がバスルームから聞こえてくる音に気づく。

覚悟をしたように深呼吸した男性は、そちらへ向かった。ドアをノックし、返事がないと今度はノブに手を伸ばしてドアを開ける。

「――っ！」

男性は目を見開いた。その視線は、天井のほうに向けられている。若い従業員が後ろからバスルームの中を覗《のぞ》き、すぐさま口を押さえて部屋に戻った。

「うう……っ」

我慢できずに、嘔吐《おうと》する。

　天井からぶら下がっていたのは、スーツを着た男だった。目は飛び出し、だらしなく開いた口からは長い舌が垂れ下がっている。シャワーを流しっぱなしにしているため、体内から出た汚物は流れてしまっているようだが、それでもショッキングな光景に違いない。

「きゅ、救急車……っ。あと警察もだ！」

　慌てた様子で若い従業員を急《せ》き立てているが、彼は足をもつれさせて部屋の入り口のところで転んだ。

　そこへ、もう一人男が現れる。

「どうかしましたか？」

「ちょうどよかった。救急車と警察を……っ」

　入ってきたのは、二十代後半の長身の青年だ。私服だがここの従業員で、開いたままのドアをいったん閉めると、バスルームで何が起きたのか確認する。

「早くっ、救急車を頼む！」

「もう死んでます。警察を呼びましょう」

　半ばパニック状態に陥っている二人とは違い、こちらは冷静な態度で対処を始めた。けれども、まったく動揺がないとは言えない。天井からぶら下がっている男のことを睨《にら》むようにじっと見上げたまま、自分を落ち着かせるために、何度か深呼吸する。そして部屋の電話を使ってフロントに連絡を入れ、警察を呼ぶよう言った。さらに、この部屋の周辺の宿泊客に新しい部屋を用意したほうがいいと提案する。

やるべきことをあらかたやり終えたあと、青年はもう一度バスルームの中を確認した。死体を鑑賞する趣味でもなければ見たい光景だとは思えないが、故意に目に焼きつけようとしているのか、ただ睨み続けている。

ぶら下がった男をじっと見上げるその姿からは、何を考えているのか想像しにくい。

# 1

半円状のブラックジャックテーブルの前には、五人の客が座っていた。

三人の女をはべらせた若い男。スーツを着たビール腹の中年。赤いドレスの金髪美女。ビジネスマンふう。口髭《くちひげ》を生やした紳士。手にはストライプ柄の縁取りがしてあるコインを持っている。

このテーブルを仕切っているのは、西沖蒼《にしおきそう》というディーラーだった。年齢は二十九。東京ニューカジノシティの中でも、トップクラスの知名度と集客を誇る『Paradise Hotel & Casino』でディーラーやバンカーとしてプレイするために雇われた。もう二年になる。

西沖は涼しい目元をした色男で姿勢のいい立ち姿が美しく、外国人の客からは何度か『サムライ』と言われたこともあった。キリリと結ばれた唇の間から発せられるのは、耳に心地よいテノールだ。袴《はかま》姿《すがた》に刀を持たせると似合いそうだが、白いシャツに黒のベスト、ボウタイ、黒のスラックスという制服姿もかなりサマになっている。長身で股下《またした》も長いため、テーブルの後ろから出た途端がっかりするようなこともない。

しかも、大きめの手は指が長くて関節は男らしく張っているが、その動きはしなやかで、硬質な雰囲気を持つ西沖がプレイする姿は優雅に見えた。

客が気持ちよくなるのは、何も勝負に勝った時だけではない。特にここは特区内でも高級な店に属するカジノだ。贅沢《ぜいたく》な時間に大金を払うことこそが、楽しみだという者もいる。

「ベット《賭け》をお願いします」

西沖の仕種を合図に、プレイヤーたちは自分のコインを指定の場所に置いた。大きく賭《か》ける者もいれば、今日の自分の運を占うような賭け方をする者もいる。

ブラックジャックは、手持ちのカードをどちらがより21に近づけられるかをディーラーと競うゲームだ。

まず、全員に二枚ずつカードが配られるのだが、プレイヤーは二枚ともフェイスアップ《表向き》の状態で、ディーラーは二枚のうち一枚だけホール状態《伏せた》で置かれる。晒《さら》されている数字を見て、プレイヤーはヒット（カードを足す）かスタンド（カードを足さずにその点数で勝負する）かを判断し、それをジェスチャーでディーラーに伝える。ただし、21を超えてはいけない。超えた時点で即負けが決まる。ディーラーとプレイヤーの一対一の勝負で、ディーラーは複数のプレイヤーと同時に勝負することになる。

プレイヤー全員のカードが決まってから、最後にディーラーが自分の手元にあるホールカードをめくってヒットかスタンドの判断をするのだが、ディーラーに限っては17を超えるまでカードを足し続けなければならないルールになっている。

「では、よろしいでしょうか」

全員ベットを終えると、西沖は長い指を生かした流れるような手つきでカードを配り始めた。その動きは、まるでそれ自体が一つのパフォーマンスであるかのように、そして女性に触れる紳士のように見る者を魅了する。

勝負は、静かに開始された。

西沖が視線を客に巡らせたのを合図に、若い男と口髭の紳士が手のひらを上にして指を動かし、金髪美女はテーブルを軽く叩《たた》いてヒットの合図をした。残りの二人は、手のひらを下に向けて水平に振り、スタンドの意思表示をする。

西沖は、若い男と紳士と美女の三人にカードを一枚ずつ配った。美女のカードが21を超える。いわゆるバストだ。ここで美女の負けが決まる。彼女は笑顔で首を横に振りながら英語で何か呟《つぶや》き、残りのプレイヤーの闘いぶりを眺め始めた。

さらに、紳士が先ほどと同じ仕種をした。カードを配る。若い男はスタンド。すべてのプレイヤーの手持ちのカードが決まると、西沖は指先で撫《な》でるように触れながら自分の目の前のホールカードをめくった。スペードのJ。

ある特別なケースを除いて絵札はすべて10と数えるため、二枚のカードの合計は15。さらにもう一枚。ハートの9。合計が21を超えた。バスト。

男の後ろで勝負を眺めていた女たちが沸く。

「すごい、また勝っちゃった～」

「俺にかかればこんなもんだよ。バーに移動しよう。ドンペリ開けてやる」

「ほんと？　嬉《うれ》しい～」

「あたしショッピングしたい。明日連れてって」

「いいよ。今度は何を買わされるんだ？」

「うふふ」

若い女をはべらせた男は、椅子《いす》から立ち上がると彼女たち全員にキスをし、腰や肩に腕を回してバーのほうへと向かった。マリリン・モンローさながらに尻《しり》を振りながら歩いていく女たちの黄色い声は、喧騒の中へと消える。

少しはしゃぎすぎの客を、紳士が仕方ないとばかりに見送っていた。

「最近の若者は、気軽にカジノで遊べていいねぇ。わたしが若い頃は、なかなかこういった遊びはできなかったもんだが」

「昔はどこでプレイを？」

「仕事でよくラスベガスへ行った」

「いい街です」

「確かにね。だが、今はここで遊べるから足が遠のいたよ。君の手つきもいい。いいディーラーだという証拠だ」

　言いながら西沖の手元を指差し、感心したように言う。

「ありがとうございます。ですが、今日は負けてばかりです。オーナーはいい顔をしないかもしれません」

「それも客にとってはいいディーラーだ」

「では、お客様からぜひオーナーにそうお口添えを」

　西沖の言葉に、紳士は小さく声をあげて笑った。西沖のテーブルでは、時折こんな会話が交わされる。

「こんなに気分がいいのは久しぶりだ」

「どうぞ、今夜は存分に楽しまれてください」

　紳士はその言葉に目を細め、コインを指定の場所に置いた。他の客もそれぞれ自分のコインを出してベットする。

　いくら賭けようか迷っていた金髪美女の手からコインが滑り落ち、絨毯《じゅうたん》の上を転がっていった。椅子から降りようとする彼女を制し、自分の手元にあったコインを渡す。そして、落ちたコインを捜して拾っておくよう、目立たないジェスチャーでホール係に伝えた。

「(あら、ありがとう)」

「(当然のことです)」

全員がベットを終えると再びカードが配られ、次のゲームが始まる。

その時、誰かの視線を感じて西沖はそちらに目を遣《や》った。すると、ルーレットのテーブルの近くに立っているスーツの男がじっと西沖のほうを見ている。

（誰だ……？）

見たことのない男だった。射貫《いぬ》くような鋭い視線。一度は目を逸《そ》らしたが、こちらを見ているのはわかる。実際に触れられている感覚すら覚える視線に、心が乱された。

大人の遊び場で、まるで獲物《えもの》を狙うハンターのように静かに息をしているなんてあまりに場違いだ。危険な匂《にお》いがする。

ゲームを進めながらも、西沖の意識は男のほうへと引き寄せられた。上の空でゲームを進めるなと思うが、どうしても無視できない。いつも冷静沈着なはずの西沖ですら、カードを配る手元が何度も狂いそうになった。

こんなことは初めてだ。

なぜ、あんなに見ているのか。何か目的があるのか。隠しもせず、あれほどあからさまに見ているのはわざとなのか。

西沖はしばらく自分に注がれる視線を感じながらゲームを進めていたが、ついに男が近づいてくるのが視界の隅に映った。心臓が大きく跳ねる。一歩一歩、男が足を踏み出すたびに心臓を叩かれているような気がする。

テーブルの客全員がベットを終える頃、空いた椅子に男が座った。

「まだいいか？」

「もちろんです。コインをどうぞ」

印象的な声だった。嗄《しゃが》れ声だが、どこか色気がある。

男は、持っていたコインを指定の場所に置いた。賭け金はそう多くない。カードを配り、テーブルについた全員を見渡しながら男を観察する。

年齢は三十五、六だろうか。髪の毛はボサボサで無精髭を生やしている。身なりはだらしないが、野性的な男前だというのは間違いない。退廃的な雰囲気も持っており、きれいなものだけを見てきた者にはない斜に構えたところが、逆に魅力を添えていた。

揉《も》み上げから顎《あご》にかけてのラインは男らしく、まさに『匂い立つ』という言葉がふさわしい男ぶりだ。眠そうな目は垂れ目気味だが、その奥に鋭さがあるのは隠せない。猫背で飄々《ひょうひょう》とした態度が、逆に男の底にあるものを想像させる。一見瘦《や》せ型に見えるが、骨太でがっしりとした手首を見ると着やせするタイプだというのがわかる。

脱げば、鍛え上げられた肉体が見られるだろう。ボクシングなどの格闘技経験者かもしれない。

そこまで観察すると、西沖はそれ以上男のことを気にしないようにした。あまり続けると、気づかれそうだ。

プレイヤーたちに視線を巡らせると、二人がスタンドの意思を示し、男を含めた三人がヒットの合図を出した。手のひらを上に向けて指でカードを催促する男のジェスチャーに、西沖はまるで自分自身が「来い」と言われているような気分になった。男の仕種はまるでベッドでのそれで、女でもないのにそんなふうに感じるのが不思議だった。他の客に対しこんなふうに感じたことは今まで一度もない。心がまだ乱れている。

カードを配った。男だけがヒット。またカードを配る。バスト。男の負けだ。最後に自分の手元のホールカードをめくり、一回だけカードを足してスタンドした。数字は20。全員のコインが西沖のところへ集められる。

それから男は、しばらく西沖のテーブルにいた。金髪美女がテーブルを離れ、代わりに女二人連れの客が来て紳士が立ち去っても、テーブルを変えることなくゲームを続ける。

男に何か特別なものを感じていた西沖だったが、ゲームの勘はお世辞にもいいとは言えなかった。ブラックジャックで勝つための基本すらも押さえていない。まさにド素人のやり方で、アドバイスをしてやりたくなるくらいだ。

男はコインを全部使い果たすと、ようやくテーブルを離れて人混みの中へと消えた。ただの客だったのかと思い、気持ちを切り替えようとしたところで、西沖と同じ制服を着た同僚がテーブルのほうへやって来た。休憩の時間だ。

「失礼します」

西沖は、客にお辞儀をしてからテーブルを離れて男が消えたほうに向かった。このタイミングで交代になったのは男を追えと言われているような気がして、人混みに消えたその姿を捜す。しかし、男は見当たらなかった。

負け続けて懲りたのかと思い、バーのほうを覗いたがそこにもその姿はない。

諦《あきら》めてタバコを吸いに外に向かおうと従業員専用の通路に向かって歩きだしたが、背後から声をかけられる。

「あんた、足音を立てないで歩くんだな」

振り返ると、立っていたのはあの男だった。不遜《ふそん》な笑みを浮かべ、西沖を見ている。

気配すら感じさせずにここまで近づくなんて、やはりただの客ではないと思った。足音を立てない歩き方を心得ているのも事実だが、ここは分厚い絨毯が敷きつめられているため、誰が歩いても足音などしない。しかも、今は普通に歩いていたはずだ。

男の目的はなんなのだろうとその表情を見ていると、西沖の心を読んだかのように男はこう続けた。

「三日前に、ホテルのほうであんたを見た」

数日前にホテルのほうに行ったのは、間違いなかった。西沖が働いている『Paradise Hotel & Casino』はオーナーがホテル事業を手がけているため、この建物の三階から上がホテルとなっている。

一、二階がカジノ、三階にホテルのロビー、そして四階から上が客室といった具合だ。
客室の前も分厚い絨毯が敷かれてあるが、西沖がいたのは、歩けば足音のするホールなど大理石の床がある場所だ。

あの時も見られていたのかと思い、男が自分のテーブルでゲームをしたのは、ただの偶然ではないと確信する。

「普段の立ち居振る舞いにも気をつけるよう、従業員は教育されてますから」

「それにしても、あんたの足音は静かすぎる。気配も消して歩いてんじゃねぇか?」

それはあなたのほうだと言いたいのを堪《こら》え、西沖は男と対峙《たいじ》したまま相手の出方を探っていた。次に出てくる言葉によっては、敵と見なさなければならない。

「ところで、いい手つきをしてるな。カードの配り方が優雅だ」

「ありがとうございます」

あくまでもただの褒め言葉としてお辞儀をするが、男が言葉どおりの意味で言っているだけだとも思えなかった。足音の件といい、ただの世間話をしたくて話しかけてきたというのも短絡的すぎる。

実は、西沖にはテーブルマジックのスキルがあった。やろうと思えば客相手にイカサマをすることもそう難しくはない。けれども、そんなことをしてもし見つかれば、店の信用はがた落ちだ。目先の利益のために、将来長きに亘《わた》って金を落としてくれる大事な客を失うわけにはいかない。

西沖がこのテクニックを使うのは、VIP客に対し相手を勝たせて喜ばせるなど接待の場と限定している。通常のゲームではほとんど使わない。西沖がオーナーに名前を覚えられているのは、そういった仕事ができるからだ。ただし、オーナー以外には知られないようにしている。手が大きいのは生まれつきだが、テーブルマジックのテクニックを覚えるために手の筋肉を鍛えてきた。

カードを繰る行為一つとっても、自分の思いのまま操るには手の筋肉が必要だ。そうやって絵札を一カ所に集めたり、カードの山の中に引いたカードを戻したと見せかけたりして山の一番上にスライドさせるなど、様々なテクニックを駆使している。

さすがにイカサマを接待に使っていることまでは知られていないだろうが、警戒すべき相手だということは確かだ。

「他に何かご用でしょうか？」

「マッサージは得意か？」

「え？」

「マッサージだよ」

「ホテルにお泊まりでしたら、お部屋で受けて頂けますが。もちろん、スパもございます」

「スパね……」

男は、軽く鼻で嗤《わら》った。その視線が、自分の手に注がれているのがわかる。

「あんたにマッサージしてもらったら、気持ちいいだろうな」

男はそれだけ言うと、西沖の肩を軽く叩いて立ち去った。やはり、手の筋肉を鍛えていることは見抜かれているらしい。

（いったい、誰なんだ……）

西沖は、立ち去る猫背の男の後ろ姿を黙って見送った。


仕事を終えた西沖は、従業員専用の通路を通ってロッカールームのあるほうへと向かっていた。現実を忘れさせるきらびやかな照明や音楽で満ちたカジノとは違い、こちらは地味で同じ建物の中なのかと思うような静けさだ。

廊下の向こうからカツカツと走ってくる足音が聞こえてきて、インカムで何か話しながらホールに向かう女性従業員が姿を現す。客の前では優雅に振る舞わなければならないが、見えないところではよく走らされている。人使いの荒いフロアマネージャーの指示で動く彼女は、西沖のことなど目に入っていないようで、慌てた様子で走っていく。

邪魔にならないよう隅に避け、軽く頭を下げてやり過ごすと再び歩き出した。

ロッカールームのドアを開けると、すでに一人従業員がいて着替えの最中だ。

「お疲れ様です、三和《みわ》さん」

「ああ。お疲れ西沖。今日は客多いな。ホールが走り回ってたぞ」

「ええ。俺もさっきすれ違いました」

「何かあったのかな。ところでこれから早番の連中と飲みに行くんだ。お前もどうだ？」

「今日は遠慮しておきます」

「今日はって、お前いつもだろう。つき合い悪いな。部屋で女が待ってたりして」

「さぁ、どうですかね」

西沖は軽く笑ってから、斜め向かいにある自分のロッカーを開けて着替えを始めた。ネームプレートを外し、ボウタイを解いて武装を解く。早番で帰りが早いため、いつもは人で溢れて賑やかなロッカールームも今日は静かだ。

「そういえばさ、さっき何話してたんだ？」

「え？」

「中央署の鵜飼《うがい》だよ。休憩時間に呼び止められてただろう。また厄介な刑事に睨まれたもんだな。なんかやらかしたのか？」

なるほど、刑事なのかと印象的な声をした男のことを思い出し、納得する。

「あの男は刑事だったんですね」

「知らないのか？　中央署はここら辺が管轄だから、時々見るぞ。先週さ、うちのホテルの近くで麻薬の売人が捕まったらしい。カジノの客を狙って商売するつもりだったって話もあってさ、それで足繁く通ってるのかもな」

「そうだったんですか」

「お前、変なクスリに手を出したりしてないよな。それで捕まりそうになったとか」

「まさか。そんなものに興味を示す歳《とし》じゃありませんよ」

西沖は、同僚の言葉を鼻で笑い飛ばした。

カジノ周辺は観光客を狙ったスリや置き引きなどの犯罪も多く、外国人犯罪者もよく集まってくるが、最近また増えたように思う。店内でスリなどの犯罪が起きないよう、黒服を来たガードマンたちが目を光らせ、インカムで連絡を取りながら怪しい客を見張るなどのチェックも行っているが、警察に引き渡した客の数はここ数ヶ月増え続けている。

しかも、ふた月ほど前にはカジノで大金をすった男がホテルの部屋で自殺をした。議員秘書をしていた男だ。客足に影響はほとんどなかったが、テレビや新聞で大きく取り上げられたのは言うまでもない。

特区反対派のコメンテーターが連日テレビに出てカジノを批判していたのは、つい最近のことだ。

「そういえば知ってるか。ネットで噂《うわさ》されてんの」

「何をです？」

「政治家の秘書が事務所の金をカジノで使い込んで、うちのホテルで自殺しただろ。殺されたって噂してる奴もいるらしいぞ。ほら、そういうのよくあるだろ。政治家の汚職とかでさ、罪を被った秘書が死んで捜査終了っての。まんざら嘘でもなかったりしてな」

「へぇ、そうなんですか」

インターネット上でネタにされ、おもしろおかしく書き立てられているのは西沖も知っていた。いかにも裏事情を知っているかのように、想像の域を超えない話を断定口調で書く者もいれば、部屋に幽霊が出るなどオカルトじみた話をする者もいる。

自殺のあった部屋は現在客を入れていないが、宿泊代が誰でも気軽に泊まることのできるリーズナブルなものなら、オカルト好きの若者から予約が入ったかもしれない。

「もし殺されたんだとしたら、誰が殺したんだろうな。自殺に見せかけて殺す専門の殺し屋みたいなのがいたりして」

下世話なものほど、人の口の滑りを軽くするようだ。普段から特に親しくしている相手ではないが、着替え終わってもすぐには帰ろうとはしない。

「そう言えばさ、お前現場見たんだったよな」

「ええ。丁度事務所に用事があってホテルのほうにいましたから。他の客に見られないようにしなきゃならなかったんで、警察が到着するまでいろいろやらされました」

西沖は、部屋で首を吊《つ》っていた男の姿を思い出した。同時に、臭いも蘇《よみがえ》ってくる。

「俺じゃなくてよかった。なんかさぁ、後味悪いよな。うちのホテルに問題はなかったって言っても、首吊って死ぬなんてな。あ。あの刑事、案外ネットの噂見て再捜査に来たんだったりして」

インターネットの噂をいちいち本気にして、一度終わった捜査に再び着手する刑事なんていないだろう。馬鹿馬鹿しいと思うが、さすがにそれは言わなかった。

人間関係は大事だ。

「それなら、来るのは本庁の刑事じゃないんですかね。所轄と本庁って仲良くないって聞きますし、所轄に任せないでしょう」

「そりゃそうか。ま、どちらにしろ、刑事がうろついてるなんて、あんまり嬉しくはないよなぁ。俺は目ぇつけらんないよう気をつけよう」

同僚はそれだけ言うと、荷物を肩にかけた。そしてロッカーの鍵を締め、軽く手を挙げて帰っていく。

「そんじゃお先」

「ええ。お疲れ様でした」

一人になると、西沖は帰る準備ができてもすぐにロッカールームを出ようとはせず、ベンチに座ってタバコを咥《くわ》えた。足下の床をじっと眺め、考え込む。

同僚にはああ言ったが、あの男が刑事なら、独自で捜査している可能性は十分にあった。ただし、無責任な噂を根拠にしたのではない。それなりの根拠、もしくは証拠を元に動いているはずだ。

実はある筋から、警察の捜査が不自然な形で打ち切られていると報告を受けている。上から圧力をかけて現場の捜査官を黙らせたのだ。触れてはいけない案件として、処理されているはずだ。

（刑事か。厄介だな……）

フィルター近くまで灰にすると、いい加減帰ろうと備えつけの灰皿でタバコを揉み消す。

ロッカールームを出た西沖は、通用口から外に出ると大通りのほうに向かった。夜だというのに外は明るく、通りを歩く人の姿も多い。この辺りは、カジノで遊ばずとも十分楽しめるほど街は活気づいているのだ。

特に、西沖が働く『Paradise Hotel & Casino』は、金のかけ方が違う。ホテルの目の前にある噴水は世界的にも有名なデザイナーが手がけたもので、コンピューターで制御されたシステムにより、様々な表情を見ることができる。

ライトアップはもちろんのこと、噴射した水をスクリーンにして映像を投射するなど最新の設備を揃《そろ》えている。今では全国的にも有名なデートスポットとなっており、肩を並べて歩く男女の姿も多かった。また、週末にもなるとホテルの壁をスクリーンに3D映像を映し出すプロジェクションマッピングが名物となっている。一台数千万円もする専用の投射機で映し出される映像は幻想的で、崩壊したホテルの残骸《ざんがい》が美しい蝶となって飛び立つなど、趣向をこらしたものばかりだ。

ホテルは決して安くはないが、部屋の稼働率が常に九十パーセントを超えているのも、そういった数々の工夫が人を集めるからだ。

誘惑の多い街で騒ぐ若者たちを尻目にしばらく歩いていると、西沖は自分を尾《つ》ける人の気配を感じた。距離は十五メートルくらいだろうか。同じ歩調で歩いてくる人物がいる。

西沖はポケットからシガレットケースを出して、一本咥えた。ケースの蓋《ふた》の裏には鏡がついているため、振り向かずとも後ろの景色が確認できる。

(気のせいか……?)

鏡には、怪しげな人物は映っていなかった。歩きタバコが禁止されている区域になっているため、わざと火をつけて人気《ひとけ》のない路地のほうへ入っていく。

しばらく背後に気を配りながら歩いていたが、頃合いを見て走り出した。けれども追いかけてくる足音はない。念のため角を曲がって物陰に身をひそめ、本当に自分を尾けてくる人物がいないか確かめた。気にしすぎかと思うが、用心に越したことはない。

誰もいないことを確認すると、ゆっくりと物陰から出てきて路地を眺め、再び駅のほうへ向かう。

『もし殺されたんだとしたら、誰が殺したんだろうな』

ふと、ロッカールームでの同僚の言葉が蘇った。

俺が殺した。

思わずそう言葉にしそうになり、苦笑いをする。

路地は薄暗く、自分を尾けていたのはホテルで首を吊った男の亡霊なのかもしれないなんて、非現実的なことを考える。幽霊の類《たぐ》いなどまったく信じていないのに、そんな想像をするなんて自分らしくないと鼻で嗤った。

「はっ、馬鹿馬鹿しい」

妄想を一蹴《いっしゅう》し、しっかりしろと自分に言い聞かせた。

今は、感傷に浸っている時ではない。すべて片づいたら、どんな罰も受ける覚悟だ。だからこそ、犯した罪すらも忘れて己に課せられた仕事を遂行しなければならない。

そう強く誓い、大通りでタクシーを拾って家路に着く。窓の外のネオンがいくぶん落ち着いてきて、自宅マンションが見えてくると百メートルほど手前で降りる。

マンションに到着し、自分の部屋に入っても西沖は警戒を解かなかった。部屋を見渡し、何も異変がないことを確認してから、ある場所へ連絡を入れる。

コール三回。四回目を聞くことなく、男の声が聞こえた。

『俺だ』

「どうも。ちょっと頼みたいことがあるんですけど」

『どうした』

「調べて欲しい男がいるんですけど、いいですか？」

西沖は、中央署の鵜飼という刑事について調べるよう電話の相手に言った。短い言葉で用件だけを的確に伝える。

『何か問題でもあったか？』

「カジノで声をかけられただけですが、念のためにどういう男なのか知っておきたくて。岸田《きしだ》の自殺の件を探ってるのかもしれません」

『そりゃ厄介だな。五日後、例の場所でいいか？』

「ええ、時間もいつも通りで」

『わかった』

「それじゃあお願いします」

話が終わると電話を置き、着替えもせずにベッドに座った。開襟シャツのポケットに入れていたタバコを取り出して火をつける。味のしないそれをいくら灰にしたところで満足しないことはわかっているが、吸うことをやめてしまえば人として大事なものを失いそうでやめられない。

疲れが躰《からだ》の奥に澱《よど》んでいた。

味覚に異変を感じ始めたのは『Paradise Hotel & Casino』にディーラーとして雇われて半年ほど経《た》ってからだ。味に対する感覚が鈍くなり、医者に行くとストレスからくる味覚障害だと診断された。ストレスを減らすことが大事だと言われたが、それどころかさらに重圧を抱えることになり、悪化した。

完全に味を感じなくなったのは、自分の仕事に他人を巻き込んでしまってからだと記憶している。罪の意識と護《まも》らなければという二つの思いは、無自覚のうちにプレッシャーになっていたのだろう。酸味や苦みなど、かろうじて味質の区別だけはつけられていたが、それすらも完全に失った。二度目の診察を受けることがないまま、かれこれ一年半近く経ってしまった。

もう、自分の吸っているタバコの味もよく思い出せない。

失った記憶の代わりとでもいうのか、西沖が巻き込んでしまった男の記憶が再び蘇る。

首を吊った男の名前を、岸田勇平《ゆうへい》といった。歳は三十八歳だ。妻と四歳になる女の子供が一人。いつも家族三人の写真を持ち歩いていたのを覚えている。

これといった外見的特徴はなく、どこにでもいそうな男だが、根が真面目《まじめ》で正義感が強かった。ギャンブルにのめり込んだり、熱くなって我を忘れたりするようなタイプでもない。

俺が殺した。

また口に出しそうになり、奥歯を噛《か》み締める。

西沖は顔をしかめると、前屈《まえかが》みになって頭を抱え、自分を落ち着かせるためにゆっくりと深呼吸をした。

鵜飼という刑事は、次の日も、また次の日もカジノに姿を現した。

西沖のテーブルに必ずつくというわけではないが、よく通っているらしく、ちょくちょくその姿を見かける。刑事は自分の署の管轄を歩き回り、様々な情報を拾ったり情報源となる人物と交流したりするのだが、それにしても連日なんて通いすぎだ。

やはり、目的を持ってカジノに来ていると思っていいだろう。

「どうかしたか?」

「あ、いえ……、なんでもありません」

その日、西沖は仕事に入る直前にフロアマネージャーに呼び止められて最近入ってきた新人のディーラーの勤務態度について聞かれていた。どうやら客から名指しでクレームが入ったらしく、本人に確認する前に指導係だった西沖に確認しにきたのだ。

「態度が悪いってどういう意味ですかね。近くで見ていても仕事態度が悪いと思ったことはありません。むしろ丁寧ですよ」

「丁寧か。慇懃《いんぎん》すぎて失礼ってことはないだろうなぁ」

「俺みたいな顔ならわかりますけど、愛嬌《あいきょう》のある男ですからそれも考えにくいんじゃないですかね」

「確かに、あいつの小動物系の顔は慇懃すぎるって感じじゃないな」

小さく唸《うな》りながら考え込むマネージャーを見ながら、脳裏に鵜飼の声が蘇った。

『それにしても、あんたの足音は静かすぎる。気配も消して歩いてんじゃねぇか？』

まるで今耳元で言われているような気がして、心臓が小さく鳴る。

「ゲームに負けた腹いせにってのも考えられるかもな」

「え？　……ええ、そうですね」

フロアマネージャーと会話をしながら、西沖はホールに目を走らせた。

今日は来ていないのか。

鵜飼の姿を捜すがどこにもなく、どこか安堵《あんと》している自分に気づかされる。

「ただのクレーマーか……」

「その可能性もありますね」

「わかった。仕事前に悪かったな。……あ」

マネージャーの視線の先を見ると、ここのオーナーである津川浩一《つがわこういち》の姿があった。四十一歳にして、日本を代表するカジノのオーナーとしてその手腕を発揮している。

中肉中背で目の位置は西沖より少しばかり低いが、なかなかの男前だ。オールバックにした黒髪には揉み上げの辺りに白髪が見えるが、それも実際の年齢より大人に見せている。

定期的にカジノに顔を出し、自分の目で店やホテルの様子を確認するが、この早い時間に見るのはめずらしい。

「オーナー、今日は早いな」

「ええ、そうですね」

津川は、ひと目で高級なものだとわかるスーツに身を包んでいた。ワイシャツも自分用に仕立てたものだと聞いている。その腕では、ロレックスの限定品が時を刻みながら上品な輝きを放っていた。また、オーナールームにはワインセラーのような葉巻専用のシガーケースが置いてあり、コイーバなどの最高級品が並んでいるのは従業員の中でも有名な話だ。

成功者だけが手にできる贅沢を楽しんでいると言っていい。

津川はカジノ特区構想が持ち上がっていた頃から政治家に働きかけ、その実現に手を貸してきた。『Paradise Hotel & Casino』が日本を代表するカジノとなったのも、津川が早い段階から準備を重ねてきたからだと言っていいだろう。特に、自由民生党の勝野《かつの》忠《ただし》という政治家を強く後押ししたのが、今の成功に深く関わっていると言っていい。

もともと父親がリゾートホテルを経営していたこともあり、大学の頃から帝王学を学んできたという津川は、大学卒業と同時にホテル経営に携わりながら、法律の改正に前向きな勝野の政治活動を後押ししてきた。

　十年前は政権与党内で中堅クラスでしかなかった勝野だが、カジノ特区ができたことにより地元の経済が活性化して支持率が上がるとともに、党内での存在感を増していった。まさに、利益が一致する者同士、手を組んで成長したと言えるだろう。

　さらに津川は、日本カジノ協会という大きな団体の幹部でもあり、今や政治に対するその影響力は大きい。津川と勝野だけではなく、政権与党の幹事長と協会会長の蜜月《みつげつ》ぶりも噂になっているほどだ。

「じゃあ、そろそろ仕事に入って……、西沖？」

「そこにいてください」

　西沖は主任にそう言い、津川のほうへ駆け寄っていった。一人の男が、客たちの間を縫うように津川のほうに歩いていくのが見えたからだ。四十代半ばくらいの太った男で、どこか様子がおかしい。

「お客様」

　声をかけるが、西沖の声など耳に入っていないらしい。近くにいた客を突き飛ばして津川の前に立った。

「おい、お前が津川か！」

大声で怒鳴る男に、近くにいる客たちの視線が集まった。目は血走り、息も荒く、かなり興奮しているのは一目瞭然《りょうぜん》だ。

「俺の親父の金をよくも……っ」

言いながら、男がズボンのポケットから出したのは出刃包丁だった。刃渡りは十五センチほどあるだろうか。このために買ってきたと言わんばかりに真新しく、刃の部分が青白い光を放っている。

「きゃあ!」

店内の音楽に混じって女性の悲鳴がこだまし、客たちはパニックになって蜘蛛《くも》の子を散らしたようにちりぢりになり始めた。

テーブルから落ちたコインが、床に散乱する。

「お客様、落ち着いてください」

西沖は津川を護るように、男の前に立ちはだかった。包丁の柄をしっかりと握りしめているが、こんなへっぴり腰では人は殺せない。

「落ち着いて話をしませんか」

「うるさい! 邪魔だ、退《ど》かないと、お前も殺すぞ!」

「こんなことしても、なんの解決にもなりません」

「うるさいと言ってるんだよ。金を返せ! 親父の金だ。こんな店に使うくらいなら、息子の俺が貰ったっていいだろう！」

「誰かオーナーを！」

西沖の声に、黒服の警備員が駆け寄ってきた。

「退け！　そいつをどこへも連れていかせないぞ！」

男は、包丁を左右に薙《な》ぐようにしながら西沖を威嚇した。身構え、距離を取る。届かないとわかった男は、包丁を突き出しながら西沖に向かってきた。その手首を蹴《け》り上げようとするが、男の向こうに鵜飼の姿が見える。舌打ち。

この騒ぎを知って駆けつけたのだろう。騒ぎの元はどこだというふうに左右を見渡し、西沖たちのほうに目を遣る。

（くそ……）

鵜飼が見ている前で、男を取り押さえるわけにはいかなかった。あくまでも西沖はただのディーラーだ。これ以上、あの男の目に留まるような真似《まね》はできない。

覚悟をした。

「退けぇ！」

男が包丁を横に薙ぎながら突進してくるが、西沖はあえて棒立ちになった。そして、男がすぐ目の前まで近づいてくると、怯《おび》えるように躰を小さくして身を守る。

「うあ……っ！」

腕に熱いものを感じた。

床に伏せて振り返ると、黒服の警備員たちに護られながら津川が非常口のほうに向かうのが見える。男がそれを追った。続けて鵜飼が西沖の上を飛び越えて走っていき、男に飛びかかる。さすがだ。

鵜飼は、あっという間に男の腕を後ろにねじり上げた状態で床に取り押さえる。その動きは、まるで野生の獣が獲物に飛びかかるかのように素早く、そして無駄がなかった。

「放せっ、放せぇぇぇ……っ！」

「おとなしくしろ！　傷害の現行犯だ」

「俺は悪くない！　親父の金は俺の金だ！　俺の金を返せ……っ、俺の……金なのに……」

男の喚《わめ》き声は、次第に啜《すす》り泣きに変わる。

「西沖。怪我《けが》をしたのか？」

戻ってきた津川が、片膝《かたひざ》をついて西沖の怪我の状態を見た。男に手錠をかけた鵜飼も、すぐに西沖のもとへやってくる。

「大丈夫か？　怪我の状態は？」

「腕を……」

「見せてみろ」

シャツに血が滲《にじ》んでいた。けれども、極めて浅い傷だ。無防備なふりをしたが、やはり無意

識に躰が動いてしまったのだろう。

「直接傷を見るから袖《そで》のボタンを外すぞ。……ああ、これなら大丈夫そうだ。二、三日で治る傷だよ。運がよかった」

傷が浅いとわかると、津川も安堵の表情を浮かべた。津川の身代わりになったようなものだ。多少の責任は感じているのだろう。

「ああ、俺だ。『Paradise Hotel & Casino』で事件だ。こっちに人をよこしてくれ。……いや、犯人は確保した」

携帯で連絡を取る鵜飼を見ながら、西沖は自分に対する鵜飼の目に神経を配った。動揺したふりをしたが、鵜飼は鋭い男だ。警戒を怠ってはならない。

「津川社長。男は連行するが、あんたとそこの従業員にも事情を聞きたい。署まで来てもらうぞ」

「構いませんよ、刑事さん。それより、西沖の怪我の治療をお願いします」

「当然だ。それから、ここは別の刑事が来るよう手配した。あとの人間はそいつの指示に従ってくれ。じゃあ、行こうか」

それから西沖は外に連れ出され、五分ほどして到着したパトカーに乗せられて署まで連れていかれた。署に到着すると、先に怪我の手当てをしてもらい、取調室で事情を聞かれることになる。

西沖の前に座ったのは若い刑事だったが、すぐさま鵜飼も姿を現す。

「すみませんね。被疑者でもないのに、こんなところで」

「いえ……」

「傷は痛みませんか?」

「はい」

開けたままのドアのところから、鵜飼が中の様子を見ていた。西沖に事情を聞いて調書に残すのは若い刑事のようだが、鵜飼も立ち会うつもりらしい。

いつまで緊張を強いられるんだと、憂鬱《ゆううつ》になった。

「できるだけ早く終わらせますね。では、最初から状況を説明してもらえますか」

「はい。マネージャーと仕事のことで話をしていたら、突然さっきの男が現れてオーナーに向かって喚き始めました。父親がうちの店で遊んだみたいなんですが、そんなお金があるなら自分が貰うべきだというような内容でした」

まだ恐怖が残っているという態度で、記憶を辿《たど》るようにゆっくりと説明していく。鵜飼がじっと自分を見ているのが視界の隅にずっと映っているため、神経を使った。

ただ被害者として見ているのか、それとも別の目で見ているのか。

（気づいているはずがない）

西沖は、自分にそう言い聞かせた。

あの時、咄嗟《とっさ》に身構えたが、鵜飼の姿が見えた時には無防備を装った。軽傷だったが、それだけで疑われることはないだろう。気づかれていないはずだ。

「立ちはだかったって聞いたが？」

若い刑事の後ろから、鵜飼が口を挟む。

「目的がオーナーだったようなので、男を落ち着かせようと思ってそうしたんですが、いざ包丁を見たら脚が竦《すく》んで動けなくなったんです」

少しバツが悪そうに言うと、若い刑事が言う。

「まぁ、誰だって刃物を見せられたら動けなくなります。でも、あなたが立ちはだかってくれたおかげで、殺人事件になるかもしれなかったところを、事前に防ぐことができたんだと思いますよ。ねぇ、鵜飼さん」

「ああ。あと一歩遅かったら、俺は間に合わなかった。一瞬でも足止めしてくれてたおかげで、おおごとにならなかったのは確かだな。犯人も冷静になったらあんたに感謝するよ」

それからさらに二、三、質問をされ、西沖だけ先に帰ることを許される。けれども鵜飼からはすぐに解放してもらえず、外まで送ると言ってついてこられた。

遠慮したかったが、さすがにこれ以上妙な勘繰りはされたくないと、肩を並べて歩いた。

こうして並ぶと、自分よりも五センチほど背が高いのがわかる。猫背でなければ、もう少し目線は上だろう。

「刑事さんだったんですね」

前を見ながら言うと、鵜飼が横目で自分を見たのがわかった。

「ああ。始末書ばかり書かされてるがな、一応刑事だ」

外に出ると、風に乗って様々な音や匂いが運ばれてきた。街の喧騒、欲望。いろいろなものが混じって複雑なものになっている。すべての色を混ぜると黒になるように、この街の匂いも黒ずんでいる気がする。

「今日は大変だったな。俺の名刺を渡しておく。何かあったら連絡してくれ」

ベストのポケットに名刺を突っ込まれ、鵜飼と目を合わせた。犯人はもう捕まって事情聴取も終わったというのに、名刺を渡す理由があるとは思えず、意図的なものを感じる。

この刑事とは、しばらくつき合いが続きそうだ。そんな予感がする。

「どうも……」

西沖は軽く頭を下げると、タクシー乗り場へ向かった。

## 2

津川《つがわ》が客の息子に襲われた事件は多くの客が目撃していたが、業務に差し障ることなく、カジノは今日も盛況だ。

また、事件はニュースで報道されたが、丁度別の事件がテレビを賑《にぎ》わせていたため、大きく取り上げられることもなく収束した。ホテルのほうで自殺事件が起きて間もないというのに、世間の関心は移りやすい。

「西沖《にしおき》」

「はい」

「交代だ。マネージャーが呼んでる」

ホールスタッフの指示があり、西沖は交代のためにやってきた別のディーラーにテーブルを明け渡してマネージャーのところに向かった。途中、鵜飼《うがい》が刑事だと教えてくれた三和《みわ》が近づいてきて、そっと耳打ちされる。

「あの刑事、また来てるんだな」

メダルマシーンのガラス部分で後ろを確認すると、確かに鵜飼が自分のほうを見ているのがうっすらと映っていた。店に姿を現してから、一時間ほどになる。時々見ていたが、特に熱中するわけでもなく、適当にテーブルを移動している。

一見、カジノの夜を楽しんでいるように見えるが、所轄の刑事が毎晩カジノに遊びに来られるほど懐が潤っているとは思えない。

「気になるのか？」

「え？」

「さっきからずっと気にしてるだろ？　お前、モテそうなのに女の気配がないと思ってたけど、ああいう男が好みだったなんてな。危ないところを助けてもらって目覚めたか？」

意味深な笑みとともに肘《ひじ》で軽く小突かれるが、あえて何も言わなかった。ただのジョークだろうが、笑えない。

同僚に気づかれるほど気にしていたなんて、鵜飼に気を取られすぎだ。

「あっちもお前を気にしてるよな。脈あるんじゃないか」

「三和さん、冗談はよしてください」

日頃からあまり目立たないようにしているというのに、あの刑事の目に留まるなんてとんだミスだと反省した。先日の事件は仕方なかったとしても、足音がしないように歩いていたことに気づくなんて勘がよすぎる。ただの癖だという言い訳が通じる相手でもなさそうだ。

「じゃ、俺急いでるんで」

西沖はそれだけ言い残し、鵜飼の視線を感じながらフロアマネージャーのところに向かった。

マネージャーには、さらに別の場所へ行くよう指示される。

「オーナーがお呼びだ。すぐに事務所へ頼む」

「はい」

これであの視線から逃れられると内心ホッとし、西沖は従業員通路を通って事務所のあるほうへ向かった。人気《ひとけ》のない通路を通り、従業員専用のエレベーターに乗ると、オーナーの専用ルームがある三階へ向かう。一般の客からは見えない通路を通り、事務所の奥にあるドアの前に立った。

ノック二回。中から返事が来るのを待ってからそれを開ける。

「失礼します」

オーナールームに入って一番に目に飛び込んでくるのは、英国製チェスターフィールドソファーの応接セットとマホガニー材の大きなデスクだった。何時間座っていても疲れないチェアーの背もたれに悠々と躰《からだ》を預けているのは、津川だ。先日の事件以来、初めて顔を合わせる。

「来たか。仕事中に悪いな。まぁ、座ってくれ」

津川は、相変わらずいいスーツを身につけていた。手にした葉巻から立ち上る煙は、独特の甘い香りがする。ドミニカ産のダビドフ。奥行きと品のある香りだ。

「西沖……下の名前は、確か『蒼《そう》』だったな」

「はい」

「いい名前だ。ところで、この前の怪我《けが》は大丈夫か？」

津川は、クリスタルの灰皿で葉巻の火を消した。火が消えても、深みのある濃い香りはいつまでも漂っていて、この空間を贅沢《ぜいたく》なものにしている。

「はい。たいしたことはありません」

「そうか、それならいい。だが、俺のために災難だったな。お前が護《まも》ってくれなければ、俺は刺されていた。命拾いしたよ」

テーブルの上に、のし袋が置かれる。労災も下りたし、入院したわけでもないのにと思うが、事件の性質を考えると、このくらいはしたいのかもしれない。

「そう身構えるな。ただの見舞金だよ。受け取ってくれ」

「ですが……」

「お前はいつもいい働きをしてくれてる。二ヶ月前にホテルで自殺者が出た時も、冷静に対処したのはお前だった」

首を吊《つ》って死んだ岸田《きしだ》の姿を思い出し、顔をしかめた。

ホテルのシャワールーム。立ち籠《こ》める湯気の中に、岸田はぶら下がっていた。飛び出した目ん玉。長く伸びた舌。穴という穴から流れ出した体液。忘れられない。

「どうして上の階に行ったんだ?」

ただの質問なのか、それとも何か意図があって質問しているのか——。

どちらかわからないまま、慎重に言葉を選ぶ。

「仕事が終わって帰るところだったんですけど、部屋にいるはずの客が電話に出ないって聞いて……」

それは本当だった。何度携帯に電話をしても通じないと心配する妻が、ホテルに電話をかけてきたのだ。部屋には滞在していることになっていたが、何度部屋の電話を鳴らしても出ないため、様子を見てきたほうがいいのではと話しているのを聞いた。

「そういえばフロントに家族から何度も連絡があったらしいな。それを聞いたのか」

「すみません。野次馬根性を出してしまいました」

「おかげで死体を見るはめになったな」

「やめておけばよかったと思ってます。しばらく、食事ができませんでした」

津川は軽く笑い、デスクに置かれたのし袋を前に押し出す。

「それなら余計に受け取ってもらわなければな。お前が気を回してくれたおかげで、他の客にあれこれを見られずに済んだ」

「ありがとうございます。では、お言葉に甘えて」

軽く頭を下げ、袋に手を伸ばした。

「ところでお前に頼みがある」

「はい、なんでもおっしゃってください」

改まった言い方に、西沖は身が引き締まる思いがした。

津川は警戒心が強く、なかなか近づくことはできない人物として有名だが、西沖に限っては別だった。ＶＩＰルームを訪れるスペシャルゲストのテーブルを任されることも多く、そのたびにカードマジックを使った特別な接客をするよう命令されてきた。

信用されていなければ、そんな仕事を任されたりしない。

自殺騒ぎを処理した件については警戒心を抱かせたかと思ったが、まだ信用は失っていないようだ。包丁を持った男から身を挺《てい》して護ろうとしたことにより、思っていた以上にその信頼を深くしているのかもしれない。

「実はこれからこの女性が店に遊びに来る」

デスクの上を滑らせるように、一枚の写真が西沖の前に差し出された。そこに映っていたのは、三十前後の美しい女性だった。何かのパーティーで撮られたものだろうか。ターコイズブルーのドレスを身につけている。ドレスの色が肌の白さを際立たせていて、上品な美しさがあった。写真を通して、しっとりとした色香を感じる。

「大事なお客様のお連れだ。彼女は初心者であまりゲームを知らないが、勝たせてやって欲しい。彼女がご機嫌になるようにな」

「ＶＩＰルームでではなく、ということですか？」

「ああ。本格的なカジノは初めてだから、店全体の雰囲気を味わいたいそうだ」

津川は、イカサマをしろと言っているのだ。ＶＩＰルーム以外の場所でやるのは、初めてになる。

「一般の客もいる中でだが、誰にもバレずにやれるか？」

西沖の脳裏に、鵜飼の顔が浮かんだ。

まだホールにいるのなら、あの男の前でイカサマをしなければならない可能性が高い。けれども、躊躇《ちゅうちょ》するわけにはいかなかった。ここで「できない」と言って落胆させることはできない。期待以上の仕事をし、西沖に対する津川の信頼を絶対のものにしたかった。

このチャンスを逃すわけにはいかない。

「もちろんです。失敗はしません」

「本当だな」

「はい」

迷いなくはっきりと答える西沖の態度に、津川は満足げだった。少しでも躊躇する素振りを見せていたら、この仕事は中断されただろう。だが、自己申告を鵜呑《うの》みにはしない。

デスクの引き出しから新品のトランプを取り出して、西沖の前に置く。

「ブラックジャックで俺を勝たせてみろ」

言われたとおりにトランプの箱を手に取って封を開けると、目の前で繰り始めた。一見バラバラにしたように見えるが、この時点ですでに必要なカードを一カ所に集めている。こうすれば、自分の手持ちのカードが21を超えるよう、カードの順番を調整できるのだ。

津川は、手元のカードを18で止めて勝負に出た。それを見て、西沖は自分の手持ちのカードを表にし、さらに一枚足す。山の一番上から取ったと見せかけ、一番下から数の多いカードを出して21を超えるようにする。

結果は津川の勝ちだ。もう一度……、と催促され、今度は最初に配る二枚で津川が勝つよう、エースと絵札の特別な組み合わせを作る。

ナチュラル21。

カードを見ていた津川の目が、西沖に向けられた。

「次はバカラだ」

「はい」

もう一度新しいトランプを出される。

バカラは胴元であるバンカーとプレイヤーの二人のどちらが勝つか賭《か》けるゲームだ。客にカードを選んだりする権利はなく、仮想の二人のどちらが勝つかを予想するだけで、自分でカードを選択したりすることはできない。

だが、一番大金を賭けた客がカードをめくっていいことになっており、その特権を手にした者は、特別な人間だという優越感を味わえるのだ。高額な賭けになるほど、自分がより金を持っていることを誇示でき、自尊心を満たされる。

高額の賭けになりやすい理由の一つが、ここにある。

「相変わらずすごいな。イカサマだとわかっていても、どうやってるのか見破れん」

手放しに褒められ、無言で頭を下げる。VIPルーム以外の場所で津川の大事な客の相手をすることは、決まったようだ。

「ここまで完璧《かんぺき》にできると、気持ちいいだろうな。どうやってる?」

「それは、企業秘密ということにしておきます」

「聞いても俺には真似《まね》なんてできんよ」

「ですが、誰かが訓練すれば、自分の居場所がなくなる可能性もありますから」

その言葉に、津川は楽しげに笑った。

「それもそうだな。ところで、お前はここで働くようになってどのくらいだ?」

「二年ほどになります」

「そうか。まだ二年か……。もっと長くここにいる気がするな」

その言葉は、西沖にとって都合のいいものだった。西沖に対する信頼がそう感じさせている。

この言葉を引き出すのに、二年かかった。地道にここで働いてきた結果だ。

「お前を雇ってよかったと思ってるよ。あの場面でわたしを庇《かば》う度胸もすばらしいが、その腕は使える。どこで手品なんて覚えたんだ？」

「父が売れない手品師だったんです」

「へぇ、そうだったのか。その腕があればいくらだって稼げそうだが、どうしてうちで働いてる？」

仕事の話は終わったというのに、戻っていいとは言われなかった。こんなことは初めてだ。だが、いろいろ聞いてくるのは、西沖に興味を抱いている証拠だとも言える。

「確かに麻雀《マージャン》なんかにも応用できますので、これで稼ごうと思えばできます。親父は賭け麻雀で稼いでいた時もありました」

「麻雀か」

「はい。牌《パイ》をすり替えたり、積む時に自分に有利な牌を一カ所に集めたりしてました」

「最近のは自動卓じゃないのか？」

「自動卓でも性能がよくないものは、あまり牌が混ざらないんです。でも、見つかった時はひどい目に遭わされてました。俺も親父の人生を辿《たど》るようなことをしていた時期もありましたが、いつまでもそんな生活は続けられません」

「なるほどね」

「オーナーには、雇って頂いて感謝してます」

津川への恩を示すことで、信頼できる人間だということをさりげなく印象づける。

自分は絶対に裏切らないと。そんなことは考えもしないと……。

それがよかったのか、津川の表情が柔らかくなった。信頼できる家族を前にしたような表情だ。

「それじゃあ、早速仕事に戻ってくれ。そろそろ到着する頃だ。間違いなくわかるように、フロアマネージャーがお連れする。頼むぞ」

「承知しました」

最後にもう一度女の写真を見て目に焼きつけると、西沖は深々と頭を下げてオーナールームをあとにした。通路を通ってカジノに戻り、ブラックジャックのテーブルにつく。

鵜飼が帰っていればいいと思っていたが、その姿はまだ店内にあった。ルーレットですったようで、椅子《いす》から立ち上がるのが見える。目が合わないよう視線を外したが、鵜飼がいるかどうか見てしまったのは、気づかれていると思ったほうがいいだろう。

写真の女性を連れた恰幅《かっぷく》のいい中年男性が現れたのは、西沖がゲームを始めて三十分ほどが経《た》ってからだ。聞いていたとおり、フロアマネージャーの案内で連れてこられる。

「こちらではブラックジャックがお楽しみ頂けます」

マネージャーが言うと、連れの男が彼女を椅子に促す。

「やってみるかね」

「ええ。でもきっと負けちゃうわ」

「気軽に楽しめばいいんだよ。ほら、座って」

彼女は嬉しそうに勧められた椅子に座ると、男性に渡されたコインをギュッと握った。少女のように心を躍らせているのが、手に取るようにわかる。

かわいらしい女性だ。

「コインをどうぞ」

西沖の言葉に、彼女は周りの客を見渡してから持っていた赤いコインを置いた。ベットが終わると、最初に配る彼女のカードの合計がなるべく小さな数字になるようにし、ヒットさせる。同じ勝つにしても、すぐにプレイが終わるのは面白くないだろう。

彼女は連れのアドバイスに従い、二度ヒットさせて三度目でスタンドし、勝負に出た。コインが増えると彼女は顔の前で小さく拍手をし、控え目に喜んでみせる。

西沖は次も彼女を勝たせ、その次は勝たせてもらった。他の客とのバランスも考え、不自然にならないように彼女の勝率を調整する。勝っても負けても、彼女は嬉しそうに笑顔で男性と顔を合わせた。

彼女が西沖のテーブルでプレイを始めて、十五分ほど経っただろうか。鵜飼が近づいてきたかと思うと、空いた席に座ってコインを置いた。ルーレットですったばかりだというのに……、と恨めしい気持ちになりながらも、これまで以上に慎重にゲームを続ける。

鋭い鵜飼の視線に晒《さら》されていると、手元が狂いそうになった。だが、ここで失敗は許されない。絶対にだ。

プレッシャーを感じながらも、あくまでも冷静にゲームを進める。

「もう一枚いくわ」

「ああ、君の思ったとおりにやってみるといい」

女性はテーブルを叩《たた》く仕種でヒットの合図をした。鵜飼の前で妙な真似はしないほうがいいかもしれないと思ったが、女性が初めて男性にアドバイスを求めずに自分だけの判断でヒットかスタンドかを決めたのだ。勝たせるべきシーンだろう。

21を超えないよう、ダイヤの2を配った。

鵜飼の視線が刺さる。

（バレたか……？）

一瞬、心臓がひやりとなった。けれども思い過ごしだったようで、鵜飼にそれ以上の変化はない。西沖は手元の二枚のカードで勝負をし、女性だけが勝利となる。

それから彼女はしばらく西沖のテーブルでプレイした。そして鵜飼も、それにつき合うように、最後までテーブルでゲームを続ける。

いつもはあまり粘らないが、その日だけは手持ちのコインがなくなってもすぐにゲームをやめなかった。

疲れていた。

家路に着く西沖の足取りは重く、タバコを吸う気力もない。鵜飼が見ている前でのイカサマ行為が、こんなに疲れるとは思っていなかった。マンションに戻ったらそのままベッドに飛び込みたい。

そんな誘惑に駆られるが、それができないこともわかっていた。実は、まだ仕事がある。ブラックジャックのテーブルで女性客を勝たせる以上に大事な仕事だ。

「よぉ」

声をかけられ、立ち止まって振り返ると、咥《くわ》えタバコの鵜飼が立っていた。気配に気づかなかったのは、疲れ果てていたからなのか、それとも鵜飼が気配を消すのが上手いからなのか。どちらにしろ、この男に声をかけられていいことなど何一つない。

イカサマを見破られていたのかもしれないと、鵜飼の出方を探る。

「腕はもう大丈夫か？」

「ええ。おかげさまで、傷は浅かったですから」

「そりゃよかった。すごい勢いであんたに向かってったのに、その程度の傷で済んで運がよかったな」

含みを感じたが、鵜飼を見ても確信は得られなかった。

「俺になんの用ですか？　刑事さんにしつこくされるようなことをした覚えはないんですけど」

「冷てぇな。名刺渡しても電話くれねぇから、こうして会いに来たってのに」

冗談だとわかっていても、つい眉間《みけん》にシワを寄せたくなる。それを見た鵜飼が、小さく笑った。

「冗談だよ。それより、あんたやっぱり器用だな。いろんなテーブルでゲームをやったが、あんたの手つきが一番優雅で綺麗だ」

前にも言われたが、同じことを何度も言うのはイカサマをしているんだろうと、暗に言いたいのかもしれないと思った。西沖の出方を探っているのだとすれば、軽率なことは口にできない。

鵜飼と腹の探り合いをするなんて、ゴメンだった。特に今日は、鵜飼の前でイカサマをやったのだ。これ以上気を張っているのも限界で、一刻も早く立ち去りたい気持ちになる。だが、それを悟られるともっと面倒なことになりそうで、あまり邪険な態度を取ることもできない。

「お褒め頂いて光栄です。また店でお待ちしてます」

それだけ言って、軽くお辞儀をしてから西沖は立ち去ろうとした。だが、再び呼び止められて足を止める。やはり、すぐには帰らせてくれそうにない。

西沖は、もう一度鵜飼を振り返った。

「野郎の手を褒めるためだけにわざわざ待ってたんじゃない。もちろん、この前の事件のことで来たんでもな」

確かにそうだろうと、思わず鼻で嗤《わら》う。

「なんです？」

「ふた月ほど前に、あんたのホテルで男が首を吊って死んだだろう？　自由民生党・有本達夫《ありもとたつお》の第二秘書だ。確か、名前は岸田勇平《ゆうへい》だったな」

心臓が小さく跳ねた。再び、首を吊った岸田の姿が脳裏に浮かぶ。

津川といい鵜飼といい、今日は心をえぐられてばかりだ。

「あの事件ですか。警察の捜査は入りましたけど、最終的に、自殺だと判断されたと聞いてますが」

「あんた、あの現場見たんだって？」

西沖は、思わず眉間に力を入れていた。鵜飼の探るような目は、まさに取調中の刑事のそれだった。

「ええ。見ました」

「首吊り死体を見たのは初めてか？」

「そうですけど、どうしてです？」

「冷静に対処したって聞いたからな。吐いた奴もいたらしいが、あんたが事務所に連絡を入れたりしたんだろ。サツカン《警察官》でも新人なら吐く奴は多いぞ。特に首吊りは凄《すさ》まじいからな」

「たまに夢に出てきます」

本当だった。

あの光景を忘れることはできない。シャワーでお湯を流していたし腐敗も始まっていなかったため、臭《にお》いはそこまでひどくはなかったが、それでもまったく臭わなかったわけではない。しかも、知っている男の死体が漂わせる異臭だ。忘れることなどできない。

むしろ、記憶の中のそれは日を追うごとに強くなっていく。

「俺は自殺じゃないと思ってる」

「捜査が継続されるということですか？」

「いや、捜査は終了だ」

それは、圧力がかかったというのに、鵜飼が一人で事件を追っていることを意味していた。

まさか本当にそんな刑事がいるなんて、思っていなかった。

「あれは、巧妙に自殺に見せかけた他殺だ。シャワーが出しっぱなしだったのも不自然ってぃやそうだろうが。雨で証拠が流れるのはよくあるが、俺はそれを狙《ねら》ってたと見てる。しかも高温多湿状態だ。死亡推定時刻もあれで幅が広がった。犯人は慎重な奴だよ」

「警察の内部問題については、俺はなんとも……」

「岸田が金を使い込むほど、カジノに通いつめてたってのは本当か？」

「どうして俺にそんなことを？」

鵜飼はすぐには答えなかった。探るような目で、西沖のことを見ている。

あんたが殺したのか。

そう聞かれている気がした。実際に声に出されたら、イエスだと言ってしまいそうだ。

自分の罪を告白したい気持ちになり、何を考えているんだと釘《くぎ》を刺す。何か妙なことを口走れば、これまで積み重ねてきたことが無駄になってしまう。

それだけは、避けなければならなかった。

「あんたなら、何か知ってるかと思ってな」

「知ってたらすでに警察にお話ししてます。ディーラーは客一人一人の顔を覚えているわけではないんですよ。それに、防犯カメラには何度も映っていたって聞いてます。通いつめてたんじゃないですか？」

「あんたのテーブルにもついたことがあるんじゃないのか？」

「さぁ。そんな細かいことまでは覚えてませんから」

「あんたがイカサマで奴をわざと負けさせたことがあるんだったら、自殺の後押ししたって思わねぇか？」

イカサマについていきなり触れられ、一瞬言葉が出なかった。やはり、鵜飼は侮れない男だと思い知る。

「他殺だと思ってるんじゃなかったんですか？」

「あんたは自殺だと思ってるみたいだからな。ただの仮説だよ」

こんなに乱されたのは、初めてかもしれない。

西沖は、自分が鵜飼の術中にはまっていると感じていた。鵜飼は思っていた以上に、厄介な刑事のようだ。

「すみません。本当に何もわからないんです。仕事が終わったばかりで疲れてるし、飯もまだなんです。これで失礼します」

西沖はそう言い残して歩き出した。けれども、足音がついてくる。そのしつこさに、ため息をつきたい気分だった。

「なぁ。飯まだなんだったら、一緒にどうだ？　奢《おご》るぞ」

「いえ、結構です」

「まぁそう言うな。この近くに旨《うま》い鶏を喰わせてくれる店があるんだよ」

絶対に断るつもりだったが、夕飯につき合わないとマンションまでついてこられそうで、それも面倒だと思い、ここは腹を括《くく》るべきだと立ち止まる。

「どこです？　その店」

「ここだ」

鵜飼が指さしたのは、西沖の真横にある店だった。店の看板には『おいしい鶏料理の店』と書かれてあり、店先にある小さな黒板には、手書きでチキン南蛮など鶏料理のメニューがずらりと並んでいる。

「ここの手羽先は旨いぞ」

鵜飼はそう言うと、先に店に入っていった。西沖も続いて暖簾《のれん》を潜《くぐ》る。

店はほぼ満員だった。店の内装は和風居酒屋といった雰囲気だが、店内に流れる音楽はジャズだった。店員たちの制服は黒で統一されており、外国人の姿も多い。

二人は、ボックス席へと案内された。

「あんた、あんまり感情を表に出さないんだな。本当は俺と飯なんて喰いたくねぇだろうに」

「別のテーブルに行ってくれと頼んだら、聞いてくれるんですか？」

「いや」

いけしゃあしゃあと言ってくれる鵜飼にムッとするが、表情には出さない。そんな西沖を見て、鵜飼が口元を緩めているのがわかる。無視。

ウエイトレスが飲み物のオーダーを取りに来ると、西沖はウーロン茶を、鵜飼はビールを注文した。料理は鵜飼に任せることにする。

「ビールは先にお持ちしてもよろしいですか？」

「ああ、頼む。あんたは飲まないのか？」

「ええ。俺は結構です」

味覚障害があるため、酒を楽しむこともできなくなった。だが、そうでなくとも鵜飼の前で酒など飲まないだろう。アルコールが入れば、何をしゃべらされるかわからない。素面《しらふ》の時ですら、気の抜けない相手なのだ。

すぐに飲み物が運ばれ、鵜飼が手を伸ばす。

「乾杯」

鵜飼はジョッキのビールを半分ほど一気に飲み、取り放題の漬け物を小皿に取り分けて食べ始めた。そして、またジョッキに口をつける。

なんて旨そうに飲むのだろうと思った。味覚障害が出てから飲み喰いに関しては虚《むな》しい思いをしてきた西沖からすると、羨《うらや》ましい。

最後に旨いビールを飲んだのは、いつだっただろうか。

普段はそんなことは考えないが、目の前で喉仏《のどぼとけ》を上下させながらジョッキをあっという間に空にする鵜飼を見ていると、なぜかそんなことを考えてしまう。

「お待たせしました。手羽先のピリ辛揚げと鶏刺しと串《くし》焼きになります」

料理を運んできたウエイトレスに、鵜飼はビールのおかわりを注文した。そして、素手で白ゴマと甘辛のタレがついた手羽先を手で摑《つか》んでかぶりつく。上品に箸《はし》で食べるような料理ではないが、この男がやるとより野性的に見えた。

歯で肉を引き裂いて咀嚼《そしゃく》し、口の周りについたタレを舌で舐《な》め摂《と》って再び肉にかぶりついて解体していく。脂のついた指を舐め、鶏を完全に裸にすると最後に骨の継ぎ目に残った軟骨も剝《は》ぎ取った。

コリコリとしたいい音が聞こえてくる。

「どうした？　どれでも好きなもん喰えよ。旨いぞ」

促され、西沖はピリ辛揚げに手をつけた。味つけは濃そうだが、やはり味はしなかった。串焼きにかぶりついても同じで、どちらを食べても味の違いなんてわからない。虚しい食事だ。

一方、鵜飼のほうはというと二本目の手羽先もあっという間に裸にする。地鶏の炭火焼きともも肉の山賊焼きがジョッキとともに運ばれてくると、鵜飼の食欲は加速していった。

大きな肉にかぶりつき、骨についた肉を歯でこそぎ、しゃぶりつく。ベッドの中の行為すら想像させるほどの姿だが、なぜか下品とは感じなかった。むしろ野性的なその姿は、魅力的だ。

ここまで強い生命力を感じた男は、今までにいない。

「なんだ？　俺はそんなにイイ男か？」

食事に夢中になっていたと思っていたが、鵜飼は視線を料理に向けたままそんなことを口にした。そして、チラリと視線を上げて西沖を見て笑う。

鵜飼の食べる姿に見入っていたことに気づき、悟られるほど凝視していたのかと自分を叱咤《しった》した。そして同時に、心が乱れていることに気づく。

常に冷静でいるよう気をつけているが、鵜飼の前だといつものようにいかない。焦るな……、と自分に言い聞かせて食事を続けようとして、さらにドキリとすることを言われる。

「あんた、味覚障害か？」

西沖は手を止めた。

完全に味を感じなくなって一年ほどになるが、今までそれを見抜かれたことはなかった。職場の人間すら誰も知らない。

どうしてわかるのだと鵜飼を見ると、脂のついた指を舐めてからおしぼりで手を拭《ふ》きながら説明を始める。

「図星か。こんなに旨いもんを不味《まず》そうに喰ってるもんな。そのくせ俺が喰ってる姿を羨ましそうにねちねち見てやがる。同じもん喰ってんのにそんな目で見るってことは、俺に気があるのか、俺の食欲が羨ましいか……。あんたはどう見ても、男に尻《しり》を向けるタイプじゃない。ってことは後者だ。違うか？」

西沖は、答えなかった。味覚障害のことを認めてしまっていいのかわからない。一度それを認めてしまえば、次は正体まで見破られそうな気がして躊躇《ちゅうちょ》する。

「病気で食事制限されてるとしたら？」

「その若さで糖尿病か？　あり得なくはねぇが、食事制限されてるだけなら不味そうに喰わねえだろう。食欲がないんだったら、そんな濃いもんを進んで口にしない。俺なら鶏刺しを喰う」

「生肉が駄目な人も多いですよ」

「茶漬けでもなんでも頼みゃいいだろうが。そもそも食事制限されてたり食欲がないってんなら、俺に料理の注文を任せたりしない」

これ以上反論しても無駄だとわかり、西沖はそれ以上何も言わなかった。見た目は野性的でも、ただ刑事の勘のようなものだけに頼っているわけではなく、冷静な分析ができる。

つまり、優秀な刑事だということだ。

「ストレスか？　あんた、ディーラーの仕事向いてないんじゃねぇか？　この前もとばっちり受けて怪我したしな」

「悪いことばかりじゃないですよ。見舞金を奮発して貰《もら》いました。もう少し深く刺されてもよかったかも」

ゲンキンな言葉が意外だったのか、鵜飼がククッと笑う。

面倒な男に目をつけられたものだと思いながらも、西沖は鵜飼についてきてよかったと思った。思っていた以上の鋭さや観察眼を持っている。

この刑事に対する警戒を怠ってはいけないことを肌で感じられたのは、プラスだった。

二人で食事をしたあと、ようやく西沖は鵜飼から解放された。マンションにつくと鵜飼が尾っけてこなかったか確認し、一度部屋に入ってから再び出かける。

西沖が向かったのは、車で一時間ほどの場所にあるファミリーレストランだ。もちろん、食事をしに来たのではない。人と会うために来たのだ。二十四時間営業にはなっているが、あまり繁盛しておらず、客は数人いるだけで店員も必要最小限しか置いていない。

西沖は、男性客がいるボックス席の隣に座った。コーヒーを注文してからタブレット端末を出し、だらしなく背もたれに寄りかかる。そして、テーブルの下に手を伸ばしてその裏に貼りつけてあったものを剝ぎ取った。ＳＤカードだ。中には、鵜飼についての情報が入っている。まさに、あの男の履歴書。

西沖は持ってきたタブレット端末にカードを差し込み、その中に入っているデータを取り出した。ファイルを開けると、鵜飼の学歴はもちろんのこと、警察に入ってから配属された場所など詳細なデータが出てくる。

階級は、巡査で止まっていた。出世を望むようなタイプでないと思っていたが、その通りのようだ。刑事になってからの仕事ぶりや扱った事件についても書いてあり、鵜飼が優秀な猟犬のような男だとわかる。

犯罪者を徹底的に追い、仕留めるまで諦《あきら》めない。読めば読むほど、金や権力で上手く黙らせるなんてことも無理な相手だと思わされた。むしろそんなもので黙らせようとすれば、より闘志を燃やすだろう。また、書かされた始末書の数も多いようだ。事なかれ主義の上司なら、鵜飼のような男を部下に持つのは避けたいに違いない。

はみ出し者。不良刑事。そんな単語ばかりが思い浮かんだ。

さらにスクロールさせ、情報を見ていく。

警察を引退した父と専業主婦の母が、徳島《とくしま》で二人暮らしをしている。妹が一人。地元で事務員をしているようだ。

結婚の経験はなく、もちろん子供もいなかった。恋人もいなければ特別な趣味もない。強いていえば、仕事が趣味といったところだろうか。

「それでいいか？」

後ろのボックス席の男が抑えた声で言うと、西沖はファイルを閉じた。ＳＤカードを持ってきたのは、この男だ。名前を国東《くにさき》という。

「ええ、十分です」

わかったのは、鵜飼が思っていたとおりの男だったということだ。

ウエイトレスがコーヒーを運んでくると、それに手をつけた。記憶の中のコーヒーは、苦いばかりで香りなどしない。毎日通っていたオフィスのものだ。懐かしい。

「潜入は疲れるだろう？　戻りたいか？」

「いえ、大丈夫です」

「そうか。それならいいが。怪我のほうも大事にしろよ」

思いやりの片鱗《へんりん》を見せられ、微《かす》かに口許《くちもと》を緩める。国東は、西沖の本当の上司というべき男だろう。この二年間、国東の命令に従い捜査を続けてきた。

西沖の正式な所属は、警視庁組織犯罪対策課カジノ特区特別管理室。紛れもなく、警察官だ。

カジノは金をコインに換えたりコインを金に換えたりと、銀行業の一面も持っているため、それを隠れ蓑《みの》に不法に収得した金をコインに換え、実際にはゲームをせずに外貨に換金するなどの手法で資金洗浄し、海外に資産を移動させるなどの犯罪も多く存在している。

それらの犯罪を防ぐため、高額の取引をする大口顧客に関しては捜査当局が常に目を光らせているが、世界中から観光客が集まる場所だ。監視する職員の数が追いつかない、不正な資金の流れを見つけ出すスキルを身につけるまでの教育に費用と時間がかかるなどの様々な問題があり、実際は多くの不正な資金が野放しになっているのも事実だ。

そんな現状を打開するため、カジノのシステムを悪用したマネーロンダリングなどの犯罪を取り締まる『警視庁組織犯罪対策課カジノ特区特別管理室』が設置された。専門的な訓練をされた捜査官たちが潜入捜査を行うことで、不正をより迅速に発見できる。

潜入捜査という性質上、その存在は公にはされておらず、同じ警察官でもほとんどの人間が知らない。潜入捜査官の身の安全のために、捜査員のファイルは警視正以上の階級の人間しかアクセスできないようになっており、極秘中の極秘となっている。

鵜飼のような所轄の刑事には、知りようのない存在だ。

西沖が抜擢《ばってき》されたのは、四年前。二年間の訓練を経て今のチームに合流し、ディーラーとして『Paradise Hotel & Casino』に正式に雇い入れられた。以来、別人になりきって生活している。

当時、すでに特区内に二件のカジノ営業許可を取得していた津川の経営する『Paradise Hotel & Casino』が捜査対象となった。法案が成立する前から賛成派の議員の選挙活動に協力してきたとはいえ、それだけでこれほどの速さで許可申請を行い、許可が下りるのは異例のことだ。しかも、特区内でも一等地といえる場所の多くが津川の所有となっている。

津川の身辺を調べた結果、浮上したのが衆議院議員で自由民生党の勝野忠《かつのただし》だったというわけだ。利害の一致する者同士、ともに力をつけてきた。

また、死んだ岸田が仕えていた有本達夫が無所属だった頃、自由民生党の公認を受けるために力を貸したのが勝野だとも言われており、勝野と有本の関係にも随分ときな臭いものを感じる。岸田が内部告発をすれば、勝野も無傷ではいられないだろう。

しかし、勝野は黒幕ではない。それは、岸田の捜査が不自然に打ち切られたことからも想像できる。勝野には、殺人の捜査に圧力を掛けるほどの力はなく、もっと力のある人物がその後ろにいることを示唆していた。

「なぁ、西沖」

「はい」

「もしかして、責任を感じてるのか？」

その問いには答えなかった。おそらく、自殺として処理された岸田勇平のことを言っているのだろう。

「いえ、そんなことはありません」

嘘《うそ》だった。本当はそんなふうに思っていない。

岸田は、間違いなく他殺だ。

岸田は有本達夫が無所属で選挙活動をしていた頃からずっと有本を支えてきた。真面目な男で、地道な活動を手助けしてきたことは誰もが知っている。けれども、政界に広がる腐敗に慣れることができなかった。

だからこそ、西沖は岸田に接触して協力を要請したのだ。岸田は有本の動きを西沖に流し、内部告発の準備も進めていたが、実行する前に死んだ。

つまり、口を封じられたのだ。岸田を巻き込んだことにも責任を感じているが、それ以上に護ることができなかったことへの悔しさ、不甲斐《ふがい》なさを感じている。

もう少しその身辺に気をつけていればと、思わずにいられない。この捜査に巻き込まなければ、岸田は今頃生きていたかもしれない。いや、間違いなく生きていただろう。

黒幕が見つかるまで、そして岸田殺害を命じ、その捜査を打ち切らせたのが誰なのか突き止めるまで、どんなことがあってもこの仕事から降りるわけにはいかなかった。

「どんなことをしても、津川と勝野の後ろにいる奴を突き止めます」

それは、単に国東に向けて放ったものではなく、自分自身への言葉だった。そう口にすることで、固い決意を胸に刻む。

「ああ。今津川を引っ張っても、根本的な問題解決にはならないからな。だが、無理はするな。身の危険を感じたらすぐに身を引け。深追いしすぎるなよ。すでに一人死んでるんだ。わかったな」

それだけ言うと、国東は先に店を出た。西沖は時間をずらして店を出るために、コーヒーを飲みながらしばらくタブレット端末を弄《いじ》る。

画面を見ながら、西沖は首を吊って死んだ岸田のことを思い出していた。岸田との接触は最小限にとどめていたが、それでも時折ホッとする時間があったのも事実だ。

『今年で四歳になる。夏菜《かな》っていうんだ』

娘の写真を見せてくれたのは、接触して何度目だっただろうか。

緊張したやり取りの中で、時折見せる岸田の父親としての笑顔が忘れられない。岸田は、娘に恥じない生き方をしたいとも言っていた。だからこそ、捜査にも協力してくれていたのだ。

一人の父親としての笑顔と、シャワールームで首を吊った状態で発見された岸田の姿はあまりにもかけ離れていて、それらを思い出すたびに西沖の心は激しく痛む。

黒幕が誰なのか突き止めるまで、なんだってするつもりだった。それが、巻き込んでしまった岸田へできる、唯一の償いだからだ。

必ず炙《あぶ》り出してやる。自分がどうなろうとも、必ず炙り出し、その罪を償わせてやる。

だから、俺の邪魔をしないでくれ。

西沖は、その顔を脳裏に描きながら鵜飼に強く訴えていた。


八月に入ると気温は一気に上昇し、夜になっても気温は一向に下がらなかった。

特に街の中は熱気が籠《こ》もっていて蒸し暑く、女性の肌の露出も多くなってきている。開放的な空気はトラブルを呼ぶもので、パトカーのサイレンは一晩のうちに何度も夜の空気を引き裂いた。また、このところの円安傾向で観光客の数は以前にもまして増え、カジノに集まる客もまた増える一方だ。

そんな外の喧騒《けんそう》が嘘のように、カジノの更衣室は静まり返っている。

「西沖。準備はできてるか？」

「はい」

「あと三十分ほどで到着するらしい。早めに部屋に入っておけよ」

「わかりました」

西沖は更衣室の鏡に自分の姿を映すと、いつも以上に身だしなみをチェックした。鏡の中の自分と目を合わせ、失敗は絶対にしてはいけないと言い聞かせる。

その日は、ハイローラーと言われる高額の賭博《とばく》を行う客相手にバトラーとしてＶＩＰ席のテーブルに着く予定になっていた。バカラは高額の賭けになりやすく、一晩で億単位の金が動く巨大な市場だ。『Paradise Hotel & Casino』のカジノでも、ＶＩＰ客を呼んだバカラ賭博が定期的に行われている。

今日ＶＩＰルームに集まる客のリストの中には、西沖が目をつけている男がいた。

殺された岸田が仕えていた衆議院議員・有本達夫の義理の弟で、貿易会社を経営している佐々木登《ささききのぼる》だ。佐々木は国政とはまったく無関係だが、津川と蜜月《みつげつ》関係にある勝野忠とは大学の頃に友人関係にあったということがわかった。

おおっぴらに連絡を取り合ってはいないようだが、今も繋《つな》がりは途絶えていないと見るべきだろう。現役の議員ではなく、貿易会社の社長ならカジノを使った資金洗浄も行いやすい。

　これらのことから有本達夫が無所属だった頃、自由民生党の公認を受けるために勝野が力を貸したことにも説明がつく。佐々木の口添えがあったからこそ、勝野はその義理の兄である有本の政治活動に力を貸したのだ。

　四人の繋がりはこれでほぼ間違いないが、殺人の捜査に圧力をかけられるもう一人の人物が出てこない。おそらく、勝野の後ろ盾になっている誰かだ。

　津川も勝野も用心深いのは、これまでの捜査でわかっている。となると、あとは佐々木から崩していくしかない。運のいいことに佐々木は女好きで、さらに男も好きだというのだ。西沖にとっては、絶好のチャンスと言えるだろう。

　どんなことをしても、佐々木に近づく必要があった。

（よし、行くぞ）

　西沖は静かに闘志を燃やすと、ＶＩＰルームに入ってテーブルについた。

　特別な客のための部屋は、一般客が来るカジノ以上に豪華で、億単位の金が動く場所にふさわしい。

　部屋の中にはバーカウンターがあり、壁には高級な酒がいくつも並んでいた。無言で立っているバーテンダーは、客がいなくとも背筋を伸ばしてグラスのチェックをするなど、気を緩めることなく自分のテリトリーをしっかりと守っている。

西沖もテーブルの上をチェックし、塵《ちり》一つ落ちていないことを確認してからその時が来るのを待った。事前に同僚たちに調べてもらっていた佐々木のデータを頭の中で反芻《はんすう》する。

十分ほどしただろうか。スタッフに案内されて客が入ってくる。

「いらっしゃいませ」

西沖は、お辞儀をして客たちを迎えた。すぐに佐々木の姿を確認する。女性連れの恰幅のいい五十過ぎの男が佐々木だ。いかにも羽振りがよさそうで、派手なスーツに身を包んでいた。おそらくブランドものだろうが、いかにも欲望のままに不摂生を重ねたという躰に纏《まと》っていると、品性の足りなさが目につく。腕で光っている金の時計も、趣味がいいとは言えない。見事なまでの成金ぶりだ。

だが、そういう男には取り入りやすい。

「お飲み物は？」

バーテンダーがオーダーを取りに来ると、客たちはそれぞれ好きな物をオーダーした。ドンペリやシャンパンが開けられ、贅沢な時間がゆっくりと流れ始める。

「それでは、始めてもよろしいでしょうか」

声をかけ、西沖はゲームを開始した。

しばらく流れに任せていたが、頃合いを見て佐々木の動きを見ながらカードの操作を始める。

かなり危険な行為なのは、わかっていた。もし不正が発覚して津川の耳に入れば、間違いなくクビになる。二年かけて潜入した苦労が、水の泡だ。

だが、それだけで済むならまだいい。

津川は用心深い男だ。なんの目的で不正をしたのか必ずはっきりさせるに違いない。潜入捜査官だということがばれれば、岸田のように天井から吊るされるだろう。

けれども、今日を逃せば次にいつこの場に呼ばれるかわからないのだ。なんとか佐々木の目に留まり、声をかけさせなければならない。

西沖の思惑通り、勝率が上がると佐々木は上機嫌になっていった。連れの女性が喜ぶほど得意げな表情になる。酒も進み、声も次第に大きくなっていった。気の抜けない時間が過ぎていく。

一時間ほどしただろうか。いったん休憩を入れることとなり、客たちはバーカウンターやソファーのほうへと移動した。名刺の交換を始めるものもいる。連れの女性たちは、ドレスや宝飾品の話に夢中になっていた。

しばらくテーブルで時間が過ぎるのを待っていたが、佐々木がグラスを手に西沖のほうへ近づいてくるのが見えた。微笑を浮かべ、精一杯の演技で佐々木を誘う。

「お楽しみ頂いておりますでしょうか?」

「ああ」

佐々木は椅子には座らず、西沖の立っているほうへと回り込んできた。チャンスだ。

佐々木に気づかれないよう、手首を親指で擦る。そこには、香水をつけていた。佐々木のデータにあったお気に入りの香水だ。若い男にプレゼントするらしい。

「君はいい手つきをしてるね」

「恐れ入ります」

西沖は頭を下げた。

香水はちゃんと匂っているだろうか。もし、ベッドの中でもつけさせているのなら、佐々木の性欲を刺激してくれるかもしれない。

「君は初めて見る顔だね」

「はい。佐々木様のお相手をさせて頂くのは、初めてになります」

佐々木は上機嫌だった。カードを操作して佐々木の勝率を上げたのが、功を奏している。

「君の名前はなんというのかね？」

「西沖蒼と申します」

「いい手つきをしているな。君がバトラーでよかったよ。優雅な気持ちにさせられる」

「お褒め頂き恐縮です」

手の甲に触れられ、目を合わせる。

西沖は、本気で佐々木を落としにかかった。さすがに男を落とすテクニックは習わなかったが、今日は必ず誘わせると心に誓い、物欲しげな媚《こ》びた目をしてみせる。

「わたくしのような未熟者がお相手して、失礼があってはと緊張しておりました」

「いやいや、君はすばらしいバトラーだよ」

「そうでしょうか？」

「ああ、本当にそう思うよ」

嬉しい、とばかりに目を細めて、微笑《ほほえ》みかける。

「佐々木様も見事な読みでした。今日のお客様の中で、一番の勝率です」

佐々木のデータによると、他人と比べて勝っていることに喜びを感じるタイプだ。いかに他人より優れているのか自尊心をくすぐることが、佐々木に近づく一番の手だろう。

「まぐれだよ」

「いえ、そんなことはございません。そういう素質をお持ちの方だからだと思います。佐々木様には、何か特別なものがあるのだと思います」

そう言ってから他の客を見て、耳元に唇を近づける。

「この仕事をしていると、時々感じるんです。選ばれた人とそうでない人の違いのようなものを。佐々木様は、初めから何か違うと感じておりました」

声を殺して言うと、佐々木はますます上機嫌になった。西沖が佐々木をベッドに誘っているのもわかっただろう。自分は男に尻を貸す淫乱《いんらん》だと印象づけ、餌《えさ》を垂らす。

捜査のためなら、歯が浮くような台詞《せりふ》も平気で口にできた。岸田の仇を取ることができるなら、この男と寝てもいい。躰の一つくらい、差し出してやる。

「君はお世辞が上手だね」

「そんな、お世辞だなんて……」

「わたしをいい気分にさせて、何を企んでいるんだね。真面目そうだが、案外悪い男かもしれない」

「お客様に対して、企みなどするはずがございません」

「じゃあ、プライベートではどうかな？」

駆け引きめいた言葉に、西沖はまた微笑を浮かべた。

「さぁ、どうでしょう？」

「今度、君と二人でゲームがしたい。二人きりでブラックジャックでも楽しもうじゃないか」

生温かい息が、首筋にかかった。

そうだ。もっと俺に興味を示せ。俺の躰がどんなか、知りたいだろう。

男娼《だんしょう》にでもなった気分で、わざと焦《じ》らしてみせる。

「ですが、オーナーに聞いてみませんと。契約上、店以外でお客様のゲームのお相手をすることは禁じられております」

「わしから頼んでみよう」

「その時は、心を尽くしてお相手させて頂きますので」

肌の触れ合いを意識させるような言い方をすると、佐々木はいやらしい笑みを浮かべながら西沖の腰に手を添えた。さすられ、目を細めて笑う。他の客の手前、さすがにそれ以上の接触はないが、佐々木の頭の中で自分が何をされているかくらい、容易に想像できた。

自殺に見せかけられて殺された岸田のことを考えると、どんなおぞましい接触も我慢できる。四歳になる女の子。残された妻。巻き込んでしまったのは西沖だというのに、潜入中であることから葬儀にすら出られなかった。

俺が殺したようなものなのに――。

口許に作った微笑を浮かべながら思うのは、ただ一つ。岸田の仇を取ることだ。

「そろそろお時間です」

「今度は、二人で遊ぼう。約束だぞ」

「はい。喜んでお相手させて頂きます」

それから再びゲームが開始され、西沖はカードを操作しながらゲームを進めた。西沖が自分の誘いにいい反応を示したからか、佐々木はますます上機嫌になる。

ゲームが終わってＶＩＰルームを出て帰る時も、佐々木は西沖に声をかけてきた。ＶＩＰルームが空になり、テーブルの上を片づけて西沖もそこを出ようとして津川に呼ばれる。

「西沖、ちょっといいか？　オーナーが呼んでる」

「はい」

いよいよ来たかと、西沖は津川のもとへ向かった。オーナールームのドアをノックし、入るよう声をかけられるとドアを開ける。

「何かご用でしょうか？」

「今日はいい仕事をしたな」

西沖は、無言で頭を下げた。おそらく佐々木のことを切り出すのだろうが、そんなことは露ほども想像していないという澄ました顔をする。

「佐々木様がお前と勝負したいと言ってきた。今度二人きりでゲームを楽しみたいそうだ。しかも、ＶＩＰルーム以外に呼んでもいいかとも聞かれた」

「もちろん、お相手します」

即答すると、津川は小さく笑う。

「意味がわかってるのか？　ただの接待じゃないかもしれないぞ。佐々木様は男もやるそうだ。お前がテーブルについてる姿が気に入ったらしい」

「それって……あの、つまり……」

「ま。そういうことだ」

西沖は、わざと困った顔をしてみせた。すぐに喰いつくと、怪しまれかねない。

そんな西沖を見て、それも当然だと津川が笑ってみせる。

「いきなりベッドに誘われはしないだろうが、おそらく口説かれるぞ。あの人はもう五十を過ぎてるが、旺盛でね」

言われなくとも、あの男が脂ぎったエロジジイなのは今日嫌ほど思い知らされた。他の客がいなければ、あの場でしゃぶらされたかもしれない。

「実は、先ほど二人でゲームがしたいと誘われました。言葉以上の意味があるかもしれないと思ってましたが、やはりそういう意味でしたか」

「無理にとは言わん。まぁ、考えておいてくれ」

「いえ、お相手すると伝えてください」

思いきって決心したという演技をすると、西沖の言葉に津川は驚いた顔をした。

「いいのか」

「ゲームの相手をするくらいなら……」

「手くらい握られるかもしれんぞ」

「それくらいまでなら、大丈夫です。それ以上とおっしゃるなら、サービスに見合った報酬を要求すると思いますけど」

「尻を貸せと言われたらどうする?」

西沖は、考え込むふりをした。さすがにそれはどうかと言おうとしたが、津川が興味深げな顔をしているのに気づいて、欲深いところを見せてみる。

「そうですね、車が欲しいです。実は前からクラシックカーに興味があって……。丁度今、状

態のいいジャガーマーク2が出てるんです。値が張るので手が出ませんが」

はっきりと条件を出す西沖に、津川は弾《はじ》かれたように笑い出した。津川のような男は、欲深い人間が好きなのだ。そういう人間ほどコントロールしやすいことを知っている。

「お前は面白い奴だな。残念だが、うちは売春の斡旋《あっせん》はしてない。欲しいなら自分でおねだりしろ」

「俺の交渉次第ってところですか?」

「ああ。個人的なつき合いにまで口は出さん。本当にいいなら、佐々木様に相手をすると伝えるが」

「お願いします」

下がっていいと言われると、お辞儀をしてから踵《きびす》を返す。しかし、部屋を出ようとしたところでもう一度引き留められた。

「西沖」

「はい」

「お前が高級車を乗り回すようになったら、そういうことだと思っておくよ」

揶揄《やゆ》され、西沖は軽く笑いながら頭を下げて退室する。物欲を満たすためなら、男に躰を差し出すことくらいする——そんな男だと演じたつもりだった。

だが、目的は違えど似たようなものだとも思った。金のために躰を売るのも、仕事のために躰を売るのも、そう変わらない。

西沖は、自虐的な笑みを漏らした。

たらし込み、愛人の一人にでもなれば部屋に呼ばれることもあるだろう。プライベートな空間ほど、ガードは甘くなる。

不法に入手した証拠は裁判では使えないが、運がよければ黒幕が誰なのかわかるかもしれない。そうでなくとも、何か手がかりになる情報を得られるかもしれない。

それがどんな小さな可能性でも、ゼロでない限り西沖はやるつもりだった。そして、岸田を殺した人間を捕まえ、その罪を暴き、償わせる。

たとえそれがわずかな確率でも、可能性がある限りなんだってする。

西沖をそんな気にさせるのは、潜入捜査官という自覚以上に岸田を死なせてしまったことへの罪の意識だ。男に躰を差し出すなど潜入捜査官の仕事の範疇《はんちゅう》を超えているが、自虐的なまでに自分を酷使することで、ある意味正常な心を保っているとも言えた。

3

岸田《きしだ》が、娘の写真を手に目を細めていた。

議員秘書の顔ではなく、一人の父親としての顔だった。娘の成長を楽しみに、日々仕事に取り組んでいる、どこにでもいる父親だ。朝は妻に抱かれた娘に見送られて家を出て、夜帰ると妻とともに娘を起こさないようその寝顔をそっと覗《のぞ》く。そんななんの変哲もない日々を何よりも大切にしている善良な一市民の姿がそこにはあった。

岸田の横顔を見ていると、自分のしていることが正しいのか自問したくなる。

「どうしたんですか、西沖さん。浮かない顔ですね」

気遣うように語りかけられ、西沖《にしおき》は視線を足下に落とした。革靴の爪先には、どこかで擦《こす》った跡が残っている。磨かなければと思いながら、もうずっとこのままだ。

タバコに火をつけたが、味がまったくしなかった。潜入捜査を始めて半年ほどしてから味覚に対する異変を感じていたが、岸田を巻き込んでからは完全にそれを失った。今は、かろうじて感じていた味質すらわからなくなっている。

重なるストレスと罪の意識からだろう。

だが、自分の味覚などどうでもよかった。すべて覚悟の上で、潜入捜査官という仕事をすると決めたのだ。隣で娘の写真を見て目を細める男とは、立場がまったく違う。

「あなたを巻き込んでよかったのか、自分の判断に自信が持てません」

「どうしてです?」

「危険も伴いますし、無事に終わったとしてもあなたは職を失うことに」

「西沖さんがそんなことを言ってどうするんです?　しっかりしてください」

「すみません、頼りないですよね」

まだ迷いを捨てきれないでいる西沖の言葉に、岸田は軽く笑った。優しそうな笑顔だが、その奥に芯《しん》の強さを感じる。

「そうは思いません。あなたが冷酷じゃない人だという証拠ですよ」

「そんなことは……」

「いえ、ありますよ。あなたは人を道具のようには使わない人だ。だから協力する覚悟もできたんですよ。それに、娘に恥じない生き方をしたい」

岸田は持っていた写真にもう一度視線を落とし、いとおしげな目をしながら指で表面を撫《な》でた。その仕種から、どれだけ家族を愛しているのかがわかる。

また、罪悪感が胸に湧《わ》き上がった。けれども、後戻りはできない。せめて、まだ小さな娘から父親を奪うことにならないよう、全力を尽くすだけだ。

「無理はしないでください。危険な真似《まね》だけはしないように」

「ええ。わかってます」

岸田の決意が固いのを確認すると、西沖はポケットの中から出した封筒を差し出した。

「あなたに調べて欲しいことをリストにしました。内容をチェックしたら、それは破棄してください」

「はい」

「この中にも書いてありますが、特に記録に残していない会合などは、相手についてもできるだけ詳細な情報が欲しいんです。有本の妻についてもできるだけの情報を」

「わかりました」

それが、どれだけ難しいことなのかはわかっている。だが、西沖は岸田にその情報を流すよう頼むしかなかった。捜査のためだ。不正に手を染めながらも、裁かれることなく国民を騙《だま》して政治活動を続けている連中をこのままにはしておけない。

「これからは、別の捜査員があなたに接触します。さすがにこれ以上、俺と接触するのは危険ですから」

「じゃあ、次に西沖さんとお会いするのは、有本の不正が公になってからってことですね」

「そういうことになります。本当に無理はしないでください」

「ええ、大丈夫ですよ。潜入しているあなたのほうが危険だ」

「俺は訓練を受けてますから」

西沖が言うと、岸田はまた笑った。優しい笑みだった。


「――っ！」

うとうとしていた西沖は、食器の音に目を覚ました。

「失礼しました」

ウエイトレスが、慌てて落とした食器を拾っている。目の前のコーヒーはすっかり冷めていて、表面に油が浮いていた。

（夢、か……）

一分も眠っていなかっただろうが、居眠りするなんて気が緩んでいる証拠だ。疲れているなんて言い訳にもならない。気を引き締めなければと、自分に言い聞かせる。

その日。西沖はファミリーレストランのテーブル席で、国東《くにさき》が来るのを待っていた。時間は夜の十時を過ぎていて、客は少ない。だが、夕飯時でもあまり混まないだろう。

捜査員と情報のやり取りをするために使う店は、閑散としているところばかりだ。

（もうすぐだな）

五分ほど待っていると、国東が店に入ってくるのが見えた。すぐさまトイレに立ち、水洗タンクの裏にＳＤカードを貼りつけて席に戻る。

カードの中には、ここ一ヶ月でＶＩＰルームに来たゲストのリストなどの情報が入っていた。すべてのゲストの身元について、国東たちが詳しく調べるはずだ。本人だけでなく、家族や友人についても調査が入るだろう。

いつものように背中合わせになって座った二人は、しばらく言葉も交わさずそれぞれ無関係の人間を装っていた。タブレット端末を弄《いじ》っていると、ウエイトレスが国東の席に向かう。

「ご注文はお決まりでしょうか？」

「デミハンバーグのセットを。あとビール」

ウエイトレスに注文をする国東の声が聞こえてきた。彼女が立ち去るのと同時にトイレに立ち、すぐに戻ってくる。ＳＤカードは、無事その手に渡ったようだ。

新聞を広げる音がし、西沖は口を開いた。

「国東さん、頼みがあります」

「なんだ？」

「佐々木と接触します。盗聴器を用意して貰《もら》えますか。マンションに取りつけられそうです」

「お前、どうやって奴のマンションに侵入するつもりだ」

　正直に言うことはないだろうと、そこは適当に誤魔化す。

「ＶＩＰで接客した時に、個人的なパーティーにディーラーとして呼ばれました。隙《すき》を見て仕掛けられるかもしれません」

「そうか」

「設置したら連絡しますので、そのあとは頼みます」

「わかった。宅配便を装って届けさせる。明後日の午前八時はどうだ？」

「お願いします」

　西沖はコーヒーを飲み干してから伝票を手にし、レジへ向かった。カウンターで呼び鈴を鳴らすと、厨房《ちゆうぼう》のほうから先ほどのウエイトレスが出てくる。

　国東を見ると、どこから見ても仕事帰りに寂しく夕飯を摂っている独り身の中年サラリーマンだった。とても優秀な捜査官とは思えない。

　外はいつの間にか雨が降っており、西沖はタクシーを止めて乗り込んだ。行き先を告げて外の景色に目をやる。

　雨で汚れた空気が洗われているのか、黒々とした街のアスファルトとネオンのコントラストがはっきりしていた。斜線状に窓につく雨粒を眺めていたが、しばらくすると雨は上がった。

　マンション付近のコンビニでタクシーを降り、明日の朝食を買い込んで歩き出す。

疲れがずっしりとのし掛かっていて、足取りが重い。

おにぎりとインスタントの味噌汁《みそしる》が入った袋をぶら下げて歩いていると、いきなり背後に人の気配を感じた。気づいた時は遅く、羽交い締めにされて口を塞《ふさ》がれ、不覚にも路地へと引きずり込まれてしまう。

「ぅう……っ！」

「金を出せ」

手で探ると、男は覆面を被《かぶ》っていた。それを摑《つか》み、剝《は》ぎ取ろうとする。しかし、相手も必死だ。そう簡単には素顔を見せてはくれない。

喉元にナイフをあてがわれ、危険を感じた西沖は相手の小指を摑んで横に力を入れた。途端に、ナイフが手から滑り落ちる。即座に足でそれを遠くに蹴《け》り、摑まれた腕を逆にねじ上げて壁に押さえ込んだ。

「いでででで……。ギブアップギブアップ！」

聞こえてきたのは、聞き覚えのある声だった。ねじ上げた手を緩め、覆面を剝ぎ取ってその正体を確認する。

「おー痛ぇ。本気でねじ上げるこたぁねーだろう」

鵜飼《うがい》だった。なんて男だと、驚きのあまりすぐに声が出ない。刑事のくせに、ナイフまで持ち出して一般人を脅してみせるなんて、非常識にもほどがある。

いや、もしかしたらもう一般人と見てくれていないのかもしれない。

「なんのつもりです？　危うく腕を折るところでしたよ」

腕を放すと、鵜飼はいったん落ちたナイフを拾いに行き、西沖のところに戻ってきてからニヤリと笑った。その顔を見て、自分がとんだ失敗をしたことに気づかされる。鵜飼は、ただのおふざけでこんなことをしたのではない。目的があってやったのだ。やはり、もう自分をただのディーラーとして見てくれていないと確信した。

「あんた、何者なんだ？　他の連中とは違うと思ってたが、ただのディーラーとは思えねぇ動きだったぞ」

ふ、と不敵な笑みを浮かべて挑戦的な目つきをする。

「俺の正体を突き止めようとして、こんなことをしたっていうんですか？」

「ああ、この前あんたが包丁を持った男に襲われた時は確信をもてなかったからな。だが、今日わかったよ。やっぱり、あんたは特別な訓練を受けてる」

どうだ、とばかりに言われ、西沖はなんの反論もできなかった。

「海外で傭兵《ようへい》をやってたんですよ」

もちろん嘘《うそ》だ。そんな嘘が通用する相手でないとわかっているが、口籠《くちご》もるよりマシだ。特別な訓練を受けたと、身を以《もっ》て証明してしまったようなものだ。誤魔化しなど利かない相手に、言い訳などしても意味がない。

堂々と嘘をつくことだ。

「傭兵ね。俺が信じると思ってんのか？」

「信じないならいいですよ」

地面に落ちたコンビニの袋を拾い、鵜飼を置いて一人歩き出した。

解放してくれるとは思っていなかったが、同じ歩調で歩くその足音を聞いていると憂鬱《ゆううつ》な気分になる。鵜飼にしつこくつきまとわれているとわかっているのに、ただの暴漢だと騙されて手のうちを見せるなんて馬鹿だった。

未熟にもほどがある。

絶対しゃべってやるものかと思いながら歩いていたが、いつまでもついてくる足音を聞いていると次第に苛々《いらいら》し始めた。そして、つい自分から口をきいてしまう。

「いつまでついてくる気なんです？　俺に何か用なんですか？」

「今日も不味《まず》そうに飯喰ってるのかと思ってな」

「あなたには関係ないでしょう」

ペースを乱されるなんて初めてで、そんな自分に戸惑っていた。潜入捜査官として訓練を受け、どんなことにも冷静に対処できるはずなのに、鵜飼が相手だとどうしてこう心を乱されるのだろうと思う。

「コンビニのおにぎりで飯済ませる気か？」

「ええ、悪いですか」

「飯喰いに行かねぇか」

「いえ、結構です。おにぎりがありますから」

冷たく言ったが、鵜飼に腕を取られて立ち止まる。

「そう冷たいこと言わねぇで、来いよ。俺が旨《うま》いもん喰いに連れてってやる」

「どうして俺が……」

文句を言おうとしたが、まったく引き下がる気がない鵜飼を見て、ここは折れるべきだと覚悟を決める。

仕事場から距離はあるが、刑事である鵜飼と接触しているところを誰かに見られないとは限らない。もしそんなことになれば、変な誤解を受ける可能性はあった。

早く帰りたいところだが、潜入に支障が出ては困る。外で揉《も》めるより、おとなしくついていくほうがいいと素直に従う。

「わかりました。つき合いますよ」

「そうこなくちゃな。じゃあ行くぞ」

鵜飼はそう言うと、空車になっているタクシーを素早く見つけ、手を挙げてそれを止めた。

二人でそれに乗り込み、移動する。

十五分ほどかけて連れて行かれたのは、個人でやっているような小さな焼き肉店だ。いい匂いが漂っているが、暖簾《のれん》は薄汚れており、お世辞にも見た目から旨い肉を喰わせてくれる店には見えなかった。むしろ、腹を壊しそうな雰囲気だ。

「ここだ」

促されて店内に入ると、思っていた以上に狭い店だった。焼き肉店というより、ラーメン店の様相と言ったほうがいいだろう。けれども、客一人につき七輪が一つ用意されていて、中では炭が真っ赤に燃えている。

「いらっしゃい。なんだい、鵜飼ちゃん。久しぶり！」

「おう、元気だったか？」

店主は、白いTシャツを着たどこにでもいるような中年男だった。日焼けした顔は笑顔が似合う愛嬌満点《あいきょう》の表情。『森のくまさん』のようで、落とし物の一つもすればトコトコ走って追いかけてきそうだ。

「こんばんは。鵜飼さん、待ってたのよ」

中年の女性が、奥の席の前から鵜飼に笑いかける。手には、火のついた炭が入ったゆきひらを握っていて、客の七輪に炭を足して回っていた。客が鉤《かぎ》のついた金具で網を上に上げると、トングで炭をいくつか足す。

「こっち空いてるよ」

「おう」

西沖たちは、奥のカウンター席へと案内された。すぐに小さな七輪が二つ用意される。

炭で焼く焼き肉なんて、さぞかし旨いだろう。

どうせ味なんてわからないのに……、と思うが、店主たちの明るい笑顔を見ていると、そんなことを口にするのはナンセンスだという気がして、黙っていることにする。

「ここの肉は旨いんだ。壱岐牛《いき》使っててな。壱岐牛知ってるか？」

「壱岐って、長崎《ながさき》県の壱岐ですか？」

「ああ、そうだ。ここの大将が壱岐出身でな。Ａ５ランクの牛しか使ってなくて、とにかく肉質が柔らかくて最高だ」

鵜飼は小さなメニュー表を手に取ると、西沖の意見など聞きもせずに注文を始めた。

「大将。丸腸ホルモンと牛タン二人前ずつ、それから上カルビと上ロースは四人前ずつ。あとビール二つ頼む」

「俺はウーロン茶にしてください」

「相変わらずウーロン茶か。つまんねぇな」

「だったらお一人でどうぞ」

ビールとウーロン茶はすぐに用意され、カウンターの中から手渡される。

一方的に乾杯をされ、鵜飼の飲みっぷりを横目で見ながらジョッキになみなみと注がれたウーロン茶に口をつける。ソフトドリンクをジョッキで出す店は初めてだ。

「はい、お待ち」

牛タンと丸腸ホルモンが出てきた。早速牛タンから網の上に載せる。すぐに香ばしい匂いが漂い始めた。

「一人焼き肉もいいが、やっぱり誰かと喰うほうが旨い。あんたみたいな仏頂面でもいないよりマシだ」

「マシって言うわりに、しつこく誘ったじゃないですか」

「そうか？」

つい憎まれ口を叩《たた》いてしまい、そんな自分に少々驚かされた。馴《な》れ合うつもりはなかったが、店の雰囲気に呑《の》まれてしまったのだろうか。

「ほら、タンはこんくらいが旨いぞ」

レアの状態で岩塩を振り、早く喰えと急《せ》かされて、西沖は箸《はし》を割って口に放り込んだ。

「どうだ？　味するか？」

味覚障害を認めてはいないが、鵜飼はすっかり西沖をそうだと認定してしまっている。今さら隠すのも馬鹿馬鹿しくなり、否定する気も失《う》せた。

「柔らかい肉だろう」

確かに鵜飼の言うとおり、肉質は柔らかくて噛《か》むと肉汁が口に広がった。

鵜飼の食べっぷりを見ていると、なぜか旨いものが食べたいという気持ちが湧き上がってくる。もうそんな感情は、随分と忘れていた。特に岸田の死以降、自分の欲を満たすことに関して無関心になっていたのだ。

もしかしたら、意識的に生きることを楽しまないようにしていたのかもしれない。

「どうした？」

「え……？」

急に動きを止めた西沖にいち早く気づいた鵜飼に声をかけられ、曖昧《あいまい》に口許《くちもと》を緩めて誤魔化した。酔っているかと思ったが、他人を観察する目はしっかり働いているようだ。

「しかし、ストレスが祟《たた》って味がしないなんて、可哀想になぁ」

「そんな俺をこういう店に誘いますかね。ドSのやることですよ」

「なんだ、やっぱり味覚障害なんじゃねぇか」

「あなたとこうしているのがストレスになってるとは思わないんですか？」

「言うねぇ。ま、そういう口をきく元気があるなら、まだ大丈夫ってこったな。大将！　ビールもう一杯頼む」

味のしない食事は虚《むな》しいが、なぜかこうしているのは悪くはなかった。金に欲深い連中の中にずっといるからなのかもしれない。

霜降りの入り具合や肉の柔らかさから、高級店で出てきてもおかしくない肉質だとわかるが、値段を見るとそう高くはない。利益度外視で、客に提供しているとわかる。

また、客が旨そうに食べているのを見ている店主たちは、楽しそうだった。客と会話をしながら大きな声で笑い、注文に嬉《うれ》しそうな声で応《こた》えている。

「いい店ですね」

顔がほころんだ。素朴な人たちに囲まれて、気が緩んだのだ。

ここにいるとホッとする。

「そんな表情もするんだな」

鵜飼の言葉に、素の自分になりかけていることに気づいた。この二年間、本当の自分を隠してきた。本当の自分がどんなだったかも、忘れてしまいそうだった。

いや、もう本当の自分なんてどこにもいないかもしれない。

けれども、鵜飼に心を乱されて腹を立てたり、憎まれ口を叩いたりしていると、なくしてしまったものが再び自分のところに戻ってくる気がした。

人間らしい感覚を思い出しているのかもしれない。失ったと思っていた感情を、取り戻しつつある。人が人であるための、大事な感情を……。

だが、潜入捜査官としてあるまじきことだ。目的のために、自分という人格は捨て去らなければならない。殺された岸田の仇を取るためにも、そうしなければならない。

鵜飼が刑事で、岸田の事件について嗅《か》ぎ回っているとしても、それは同じだ。一人で潜入しているため同志のように感じているのかもしれないが、とても危険なことだ。

鵜飼を頼りにしてはいけない。でなければ、鵜飼の身も危ない。

「いいことを教えてやろうか？」

突然切り出され、西沖は箸を止めた。

「なんです？」

「実はな、正直言うと俺があんたに近づいたのは、あんたが岸田殺しに一枚嚙んでんじゃねぇかって思ってたからなんだよ」

何を言い出すのかと、鵜飼のことをじっと見る。

店内は活気で溢《あふ》れていて、騒がしかった。追加注文する客の声やそれに答える店主や奥さんの声が飛び交い、時折弾《はじ》かれたように笑う声も聞こえてくる。その反面、鵜飼の押し殺したような声は独特の存在感を以て耳に流れ込んでくる。

「最初に気づいたのは、歩き方だ」

「歩き方？」

「ああ。足音を立てずに歩く訓練をされたような動きだった。だが、この前は包丁を持って向かってくる男に対して、無防備だった。だから、ただの思い過ごしかと思ったんだが、俺はしつこくてね。気になってあの夜のことを聞いて回ったら、ある従業員からあんたが岸田の死体を見ても動揺せずに対処したって話を聞いた」

上手《うま》く誤魔化したつもりだったが、岸田の死体発見時のことまではさすがに隠せない。やはり、鵜飼をどこにでもいる刑事と同じに見てはいけないと思い知らされた。

「言っただろうが。首吊《つ》りはサツカンでも新人なら吐く奴も多い。けど、あんたは適正な判断ができた。だから、今日確かめてみたんだよ。あんた。岸田と何か関係があるのか？」

直接聞くということは、西沖が容疑者リストから外れたことを意味している。だが、岸田を殺したのは自分だと思っている西沖にとって、鵜飼が最初に抱いた疑いは、あながち的外れではない。

『潜入しているあなたのほうが危険だ』

最後に会った時の岸田の顔が、脳裏に浮かんだ。捜査に協力し、内部告発の準備を進めてきたからこそ岸田は殺された。同僚からの報告では、西沖たちと接触していたことまでは気づかれていないようだが、責任は自分にあると思っている。

「俺が岸田を殺したと言ったら？」

七輪の上の肉が、白い煙を上げていた。表面の脂がプツプツと小さな泡になっている。

「そんな言葉を俺が信じると思ってんのか？」

「いえ……」

何を言ってるんだと後悔し、焼きすぎた肉に箸をつけた。

これ以上、この件に触れないほうがいい。今はまだ、岸田との関係を知られてはいけないのだから。

「なぁ、あんた……何を抱えてる?」

西沖は、すぐに答えられなかった。

「……何も」

「一人でいろんなもん背負い込んでるって顔してんな。俺でよけりゃ相談に乗るぞ」

急に何を言い出すのかと思い、なぜかおかしくなって肩を震わせて笑う。まさか鵜飼にそんなことを言われると思わなかった。

「お前な、一応真面目《まじめ》に話してるんだぞ」

「っくっくっくっく、……すみません。だって……真面目な顔で……っ、言うから……」

一度笑い出すと、なぜか止まらなくなった。しばらく肩を震わせていたが、頬《ほお》が濡《ぬ》れていることに気づく。

自分の頬を指で触れてみて、指についたものに驚いた。

涙だ。

「なんだ。笑いながら泣いてんのか。妙な奴だ」

「笑いすぎて腹が痛いんですよ」

咄嗟《とっさ》にそんなふうに言ったが、動揺は隠しきれない。俺が殺したんだと叫びたい気持ちを必死で抑える。

駄目だ。この男と馴染んでは駄目だ。どんなにボロボロになろうが、鵜飼を頼ってはいけない。精神的な支えなど、捜査に邪魔なだけだ。

「そんなに楽しいなら、また飯に誘うぞ」

「もういいですよ。楽しくて笑ったわけじゃないですから」

「いや、また誘う。今度は旨いラーメン屋に連れてってやるよ。とんこつの旨い店があるんだ。大将が久留米《くるめ》出身の奴でな」

「とんこつですか」

「久留米は濃いぞ～。さすがに味すんじゃねぇか？」

いい加減なことを言う鵜飼に呆《あき》れながらも、どこか心が癒《い》やされている。

また誘って欲しいのか。自問し、もう一度自分に言い聞かせた――鵜飼を巻き込むわけにはいかない。これ以上親しくなってはいけない。心を許してはならない。

しかし、そんな西沖の気持ちをあざ笑うかのように、事件が起きるのだった。


五日連続の猛暑日だった。

その日、従業員用の通路を通ってカジノへ向かおうとしていた西沖は、黒服の警備員たちがインカムで連絡を取り合いながら慌ただしく動いていることに気づいた。妙に気になり、呼び止めて事情を聞く。

「どうかしたんですか?」

「例の部屋に部外者が侵入しました」

「例の部屋って……」

「自殺者が出た部屋ですよ。部屋のロックが解除された形跡があったんで、遡《さかのぼ》って廊下の防犯カメラを確認したら、男が映ってました。部屋には一時間ほど前に侵入して十分前に出てます。今捜してるところです」

脳裏に浮かんだのは、鵜飼の顔だ。

まさか、部屋に証拠が残っている可能性に賭《か》けて侵入したのか――。

嫌な予感がした。

噂《うわさ》好きの若者がおもしろ半分に侵入しただけなら、厳重注意だけで帰されるだろう。けれども、相手が刑事となるとそういうわけにはいかない。他殺を示す証拠を掴んでいようがいまいが、刑事が部屋に侵入し、一時間近く中にいたこと自体がすでに危険なのだ。

バスルームの天井からぶら下がっていた岸田と鵜飼の姿が重なり、動揺する。

その時、警備員のインカムに連絡が入った。

「ああ、俺だ。画像は全員に転送した。男を見つけたら足止めしておいてくれ。目的がわかるまで絶対に外に出すなよ。出入り口も人数を増やしてある」

耳に手を当て、状況を伝える表情や声の感じから、緊迫した状況なのが伝わってきた。何がなんでも捕まえろとお達しが出ているに違いない。

津川《つがわ》は今日、ホテルのオーナールームにいるのだ。すでにその耳に入っているのかもしれない。

「俺も正面玄関に回る。そっちは頼むぞ」

警備員がインカムを切って歩きだそうとすると、西沖はもう一度彼を呼び止めた。

「すみません。俺にも写真を見せてもらっていいですか？」

「そうですね。見かけたらすぐに連絡をください」

そう言って、端末の画面を見せられる。そこに映し出された写真を見せられ、少しホッとした。背格好はわかるが、顔は映っていない。鵜飼に似ているとも言えるし、別人だと言われればそうも見える。

少なくとも、この写真から鵜飼が割り出されることはないだろう。

だが、気を抜けない状況であるのも確かだ。

「前に勤めていたホテルでもあったんですよ。海外のアーティストが来日した時に、その部屋に泊まったって噂が流れたんです。まったく……」

苛ついた口調で言う警備員に同意しながら、侵入者の衣服や持ち物を頭の中に叩き込む。

「じゃあ、見かけたら警備の方を呼びますね」

「はい。じゃあ自分はこれで」

警備員が立ち去ると、西沖は急いで鵜飼の姿を捜した。

（くそ、どこだ……？）

早く見つけないと、とんでもないことになる。帽子や上着を脱いだりすれば警備の目を誤魔化すことはできるかもしれないが、防犯カメラはあらゆる場所に設置されてあるのだ。変装を解いているところが映っていれば、変装は無意味に終わる。そうなれば、顔もどこかのカメラに必ず捉えられるだろう。

しかも、交代の時間まであと十分だ。仕事に遅れるわけにはいかない。

不審な行動をしていると思われないよう、カジノの中を歩きながら周りに目を配った。そして、運良く防犯カメラに映っていた男が持っていたバッグと同じものを持った人物を発見する。

上着と帽子が変わっているが、間違いない。警備員に気を取られながら、急ぎ足で出口に向かっている。

ただし、鵜飼ではなかった。歳も背格好も似ているが、顔はまったく違う。

「おい」

声を押し殺して男に呼びかけると、男はギクリとした顔で西沖を見た。逃げ出されては困るため、すぐさまこう続ける。

「落ち着け、逃がしてやる。正面の出入り口は危険だぞ」

西沖は、男にトイレに行けと目配せした。監視カメラの位置は把握しているため、カメラに映らないよう気をつけながら西沖もトイレに入る。中に監視カメラはなく、人が隠れるには丁度良い場所だが、長居はできない。

「あんた、本当に逃がしてくれんのか？」

男は、薄汚れた開襟シャツを着ていた。無精髭《ぶしょうひげ》を生やしている。

おそらく、ゴシップネタ専門のフリー記者だろう。岸田の自殺が偽装されたものだという噂は、以前からインターネット上で流れていた。根拠のある噂ではなく、政治家秘書という理由で流れた単なる噂だが、自殺に見せかけて殺されたのはほぼ間違いないのだ。

小銭稼ぎ程度の記事を書くつもりなのだろうが、自分でも気づかないうちに、とんでもない危険に身を投じている。

「ああ、本当だ。その代わりにカメラをここに捨てていけ」

「はっ、冗談じゃない」

「どうせたいしたもんは撮れなかっただろう。カメラを捨てなければ、うちのオーナーはお前の正体を絶対に突き止めるぞ。自殺者が出た部屋に侵入した男がお前だとわかれば、有能な弁護士を使ってお前から大金をせしめる。妙な噂を流されると、商売上がったりだからな。金をふんだくられたくなかったら、念のため指紋を拭《ふ》き取って、部屋の写真を撮ったカメラを捨ててぃけ」

もっともなことを言って脅すと、男は渋々ながらもカメラをペーパータオルの下に置いてあるゴミ箱の中へと放り込んだ。写真のデータさえ外に出なければ、津川も躍起になって侵入者を捜しはしないだろう。

カメラは、あとで清掃員か警備員に見つけさせればいい。

「そうするのが利口だ。来い」

男を連れてトイレを出ようとするが、ドアの向こうから足音が聞こえてくる。

「待て。個室に入ってろ」

すぐさま身を隠そうとするが、そうする間もなくドアは開いた。中に入ってきたのは黒服の警備員ではなく、鶏飼だ。

「鶏飼さん、何して……」

「騒ぎがあったんだろう？　侵入者がいるんだってな。警備員が話してるのを聞いたが、そいつなのか？」

おおかたの状況を把握している鶏飼を見て、ここはこの男に託すしかないと思った。もうテーブルにつく時間だ。男を逃がしてやる時間はない。

西沖は、自分のＩＤカードを鶏飼に差し出した。

「俺のＩＤを使ってください。これで従業員専用の通路が使えます」

鵜飼は、怪訝《けげん》そうな顔をした。それも当然だ。普通に考えれば、西沖の行動は自分の雇い主を裏切ることになるのだから。

「ルーレットのテーブルの奥に、従業員用の出入り口があります。朝のメンテナンスで修理が必要だとわかったんで、ドア前の監視カメラだけは止まってますから、そこから通用口に入って外に出てください。中には監視カメラはありませんが、従業員が行き来してます。上手く隠れながら外へ出てください」

「どうして逃がそうとする？　あんた、カジノ側の人間だろうが」

「今はそんなことを言ってる場合ではないです」

西沖は、そう言い残して記者を鵜飼に任せてトイレを出た。丁度、黒服の警備員が向かってくるところで、何喰わぬ顔で歩いていく。

「あ。お疲れ様です」

「お疲れ様です。侵入者の件を聞いたので、仕事に入る前に俺もこの辺りを見ておこうと思って。トイレには誰もいませんでした」

西沖が言うと、警備員はインカムで別の警備員に問題なしだと告げる。

「見つかりそうですか？」

「いえ、もう出てしまったかもしれません」

「そうですか。そろそろテーブルにつく時間なので、俺は行きます。それらしい人物がいたらすぐに連絡しますから」

「はい。お願いします。こちらも侵入者が捕まったらお知らせします」

二人でカジノに戻ると、西沖はすぐにテーブルについた。ほどなくして、鵜飼が記者とともに客に紛れて、通用口へ向かうのが見える。

頼む。上手く逃げてくれ。

そう念じながら、いつものように客を相手にゲームを始める。

二年もかけてようやくここまでの信用を得たというのに、どうして危険を冒してまで二人を逃がしたのか――。

もし鵜飼たちが捕まり、西沖のカードを持っていることがわかれば、西沖も怪しまれるだろう。これまで積み上げてきたものが、すべて無駄になるのだ。

それでも、人の命には代えられない。岸田を死なせてしまった西沖に、他に選択の余地はなかった。

しばらくの間は、鵜飼たちが捕まらないか気が気でなかったが、一時間ほどしても警備員たちから何も連絡がないことから、二人が無事に逃げたのだと想像できた。しかし、それでも気は抜けない。ＩＤがないため、従業員専用の通路など出入りできないからだ。運良く仕事中にそこを通らなければならない事態にはならなかったが、仕事を終えるとそういうわけにはいかない。

さりげなく同僚とともに通用口に入り、やりすごす。

なんとか一日を無事に終えた。

ボウタイを解きながら、西沖は気を緩めた。疲れの浮かんだ顔をロッカーのドアについた鏡に映し、帰り支度をする。いつも以上に躰《からだ》が重く、着替えるのも億劫《おっくう》だった。今日くらいは何も考えず、朝まで昏昏《こんこん》と眠りたい。

しかし、帰ろうとした時だった。

「西沖。オーナーが呼んでるぞ」

ドアが開いて同僚が顔を覗かせた。あと数分早く出ていれば、呼び止められることはなかっただろう。なぜ急がなかったのだろうと、ツメの甘い自分を叱咤《しった》したい気分だった。

西沖は、オーナールームに向かった。ドアをノックするとすぐに返事が聞こえ、深呼吸してから部屋の中へと入る。

「失礼します」

津川は、デスクで葉巻を吸っていた。よく漂わせている甘い香りが、ほんのりと西沖を包む。

「ああ、来たか。帰るところだったんだろう？　引き留めて悪かったな」

「いえ。家に帰っても特にすることもないんで」

津川は、軽く笑うと葉巻をゆっくりと口に運んだ。悠々とした仕種で味わっている。

呼び出したのは津川だというのに、なかなか話を切り出そうとはしなかった。西沖がいることなど忘れてしまったかのように、椅子《いす》に座ったまま葉巻を味わっている。

もしかしたら、鵜飼たちを逃がしたことがばれたのかもしれない——津川の態度からそんな懸念が湧き上がってきて、西沖は次にどんな言葉が放たれるのかと構えた。二年かけて築き上げてきたものが、崩壊する瞬間が来るのかもしれない。

「実はな、西沖」

「はい」

「ホテルに妙な男が侵入した」

心臓が大きく跳ねた。

(ばれたか……?)

冷静さは保っているが、どんなことにも対処できるようアドレナリンが放出される。

「はい。聞きました。自分もテーブルにつく前に捜すのを手伝ったんですが……。見つかったんですか?」

「いや。だが。警備員が客用トイレのゴミ箱の中にカメラが捨ててあったのを見つけた。客が自殺した部屋の写真が入ってたよ。警備員が捜し回ってたからな、仕方なく捨てていったんだろう。小銭稼ぎのゴシップ記者だったようだ」

「そうですか」

カメラを捨てさせたのは、正解だった。おそらく、侵入者の追跡はここで終わるだろう。

「お前、首吊りした男の死体を見た時のことは、誰にも話してないな？」

「はい」

「お前にその時の様子を聞きに来るかもしれん。死体を見た従業員の証言なんて、ゴシップネタとしては面白いだろう。わかってると思うが、金を握らされてインタビューに答えるなんてことがないようにな」

「もちろんです。目先のはした金のために、今の仕事を捨てる気はありません」

はっきりと言うと、津川は満足げに頷《うなず》いた。

「車を買ってもらえるチャンスもあるしな」

揶揄《やゆ》されるが、貪欲《どんよく》さを隠しもしない涼しい顔で答える。

「はい」

津川は笑い、もう帰っていいと言った。用件はすべて済んだようだ。

鵜飼たちを逃がしたことがばれたのではなく、ゴシップネタの提供者にならないよう釘《くぎ》を刺すのが一番の目的だったとわかり、安堵《あんど》する。

今回ばかりは危なかった。

「では、失礼します」

慇懃《いんぎん》な態度でお辞儀をし、オーナールームを後にする。ドアノブに手をかけた時、西沖は自分の手のひらに汗がじっとりと滲《にじ》んでいるのに気づいた。

カジノを出た西沖は、タクシーでマンションへと帰った。さすがに精神的な疲れは隠せず、流れる景色を目に映しながらぼんやりしていた。思考はほとんど停止している。

だが、マンションの前で鵜飼が待っているのを見て我に返った西沖は、気を引き締め直してタクシーを降りた。

マンションの場所は知られていると思っていたが、やはり来たかと思い、無言でその横を通り過ぎる。予想していたとおり、すんなりとは通してくれなかった。

「待てよ」

立ち止まり、背中を向けたまま顔を少しだけ後ろに向ける。

「なんです？」

「『なんです』はねぇだろう。あんたがどうして俺たちを逃がしたか、聞きに来たに決まってんだろうが」

はっきりと聞かれ、西沖は軽く唇を噛んだ。

あそこで二人を逃がした時点で、こうなることはわかっていた。この数時間、鵜飼をどう誤魔化せばいいのか考えたが結局いい考えは何一つ浮かばず、答えは用意できていない。身元を明かすしかないのかと思うが、そう簡単にできることでもなかった。

それは、捜査員としての責任もあるが、岸田を死なせてしまった西沖の迷いでもあった。

もう、誰も巻き込みたくはない。

「誤魔化せると思うなよ」

「とりあえず部屋にどうぞ」

さすがに外で話すわけにはいかないと、西沖はここをどう乗り切ろうかと思いながら部屋に向かった。

これ以上、鵜飼がこの件に首を突っ込むのは危険だ。今日のことで、それを痛感した。すぐにでも、手を引いてもらわなければならない。

ついてくる鵜飼の気配を背後に感じながら、どうしてこの事態を避けられなかったのかと、西沖は自分を責めていた。

本当に避けられないことだったのかと……。

「入ってください」

「ああ」

部屋に入ると、西沖はまず異変がないか確認した。鵜飼が黙っているのは、西沖の行動をじっと見ているからだ。その鋭い視線を背中に感じる。

「ここはあんたの部屋か」

「ええ、一応」

自分の部屋なのに警戒を怠っていないことを指摘され、唇を歪《ゆが》めて嗤《わら》った。この男はどこまで厄介なのだろうと思う。

「鵜飼さん。ここで帰ったほうがあなたのためです。俺に深入りしないほうがいい」

「そりゃ妻子持ちの男に言い寄られた時の台詞《せりふ》だ」

軽く揶揄され、西沖は苦い笑みを漏らした。どうやっても、手ぶらで帰るつもりはないらしい。西沖が何者なのか、納得できる答えを手にするまで諦《あきら》めないだろう。

また、巻き込むのか。

西沖は、そう自問した。

また岸田の時のような間違いを犯すのか。

シャワールームで天井からぶら下がっていた岸田の姿を思い出し、顔をしかめた。けれども、鵜飼は追及の手を緩めようとはしない。

「なんで俺たちを逃がした？　あんた、何者だ？」

自分を見つめる垂れ目気味の瞳の奥に、鋭さを感じた。言葉は少ないが、取調室で受ける尋問より悪い。こんなふうに他人を追いつめる刑事もいるのだと、初めて抱く感覚に西沖は戸惑いすら覚えていた。

この男に目をつけられたら、逃れられない。そんな気持ちにさせられる。

諦め。観念。どう表現していいのかわからないが、鵜飼は今まで会ったどんな刑事よりも刑事だと感じた。

理屈ではなく、本能が自分の負けを認めている。完璧《かんぺき》な敗北だ。

そして同時に、『信用』という意味において自分の正体を明かすことのできる相手だということも感じていた。

鵜飼は、決して金では動かない。自分と同じ信念を持っていると感じる。悪事に手を染めながらも、何食わぬ顔で社会生活を送っている連中に罪を償わせてやるという強い思いだ。

「知ることに躊躇《ちゅうちょ》は？」

「あったら来ねぇよ」

迷いのない返事に、ゆっくりと深呼吸する。

覚悟を決める時だと思った。ここで誤魔化しても、その場しのぎにしかならない。退路は、完全に断たれてしまった。

鵜飼は、どんなことをしても西沖の正体を確かめようとするだろう。そして、この男ならいずれその答えを見つけてしまう気がした。

それなら、身元を明かした上で交渉したほうがいいのかもしれない。

「鵜飼さんの想像どおり、俺はただのディーラーじゃありません」

「じゃあなんだ？」

一呼吸置き、西沖は静かに続けた。

「俺はあなたと同じ警察官です。所属は警視庁組織犯罪対策課カジノ特区特別管理室」

「そんな部署は聞いたことがねぇぞ」

「そうでしょうね。俺が所属している部署は、極秘扱いになってます。潜入捜査をするので、その性質上、存在自体隠してるんです。捜査員のファイルも警視正以上の階級の人間しか閲覧できません」

「本当か？」

「嘘ついてなんになるんです」

信じられないとばかりに、鵜飼はボサボサの髪の毛を右手で掻《か》き回した。普段よく見る表情が、少しだけ覗く。人間臭い、だが人としての魅力を感じる一面だ。

「この件からは手を引いてください。こうしてあなたと会うのも危険なんです。捜査の邪魔をしないでください」

「邪魔をした覚えはない。手を引く気もな」

予想していた反応だが、実際にそう言われると事態の深刻さを思い知らされた。

これ以上、誰も危険に晒したくないのに。岸田の二の舞になることだけは、絶対に避けたいのに。

その思いだけが取り残され、物事はどんどん先へと進んでいく。

「わからないんですか？　一介の刑事が首を突っ込んでいい案件じゃないんですよ」

「わかんねぇな。俺は俺の捜査をしてるんだ。岸田の死の真相を探ってる。刑事の仕事だ」

「殺人事件は捜一でしょう。所轄の刑事の仕事じゃないです」

「その捜一に圧力がかかって引いたんだ。誰かが真相を暴かねぇと、全部闇の中だ」

「圧力がかかった意味はわかりますよね？」

西沖に言われずとも、もちろん鵜飼も承知しているはずだ。その裏にどんな危険が潜んでいるのかも。

だが、そんなことは関係ないとばかりに鼻で嗤う。

「わかってるよ。だから余計に手を引けない。俺が邪魔なら俺のことを津川に報告しろ。岸田の自殺を殺人だと疑ってる刑事がいるってな」

西沖は、眉をひそめて鵜飼の顔を見た。何を言おうとしているのかわからない。

「どうしてそんなことを言う必要があるんです？」

「俺と会ってても怪しまれないようにだよ。俺につきまとわれていると言えばいい。逆に俺のことを調べて報告するんだ。渡せる俺の情報はできるだけ渡す。そのほうが、より津川の信頼も得られるだろうが。あんたも都合がいいんじゃねぇか？」

そんなことできるはずがなかった。わざわざ津川の目に留まらせるなんて、鵜飼を危険に晒すだけだ。

「あなたが危険な目に遭います」

「んなこたぁわかってんだよ」

西沖の脳裏に、首を吊った岸田の姿が浮かんだ。胸に嫌なものが広がる。深い後悔。もう二度とあんな思いはしたくなかった。誰もあんな目に遭わせたくない。

そう思うほどに、岸田の最期の姿がはっきりと浮かんで消えようとはしなかった。それはいつしか鵜飼の姿に取って代わり、息が上手くできなくなる。

二人目を出すのか。二人目の犠牲者を出すつもりか。

自分の奥で、悲痛な叫び声が聞こえる。

「無理です。そんなことが……っ、できる、わけがない」

ゆっくりと呼吸しようとしたが、酸素は上手く取り込めなかった。喘《あえ》ぐように何度も息をするが、結果は同じだった。

「どうしてだ？　あんたは潜入なんて危険な真似やってんだろうが。俺だって多少の危険は覚悟してる」

「多少？　多少の危険だと思ってるんですか。この事件の裏には……、巨額の、金の存在があるんですよ！　この事件に関わるということが、どういうことか……っ」

息がつまって言葉が途切れた。精神が安定せず呼吸困難に近い状態になり、それに気づいた鵜飼に腕を掴まれた。心配そうに顔を覗き込まれる。

「おい、大丈夫か？」

「はぁ……っ、俺の、ことより……、あなたのことですよ！」

　言うなり、鵜飼の胸倉を掴んだ。数歩下がって壁にぶつかる鵜飼を締め上げるようにして、睨《にら》み上げる。冷静に話をしなければ、鵜飼を諦めさせることなどできないとわかっているが、自分をコントロールできない。

「あなたが思ってるとおり、岸田さんはおそらく自殺に見せかけて殺されたんです。俺に協力して、情報を流してくれました。内部告発の準備も進めてたんです。岸田さんは、俺が殺したようなもんだ。最初に俺が引き込んだんですよ。もし、俺がそんなことをしなければ、あの人は今も生きていた」

「捜査に協力して内部告発をしようとしたのは、本人の意志だろうが」

　そんなことを言われても、納得できない。西沖にとっての事実は、一般人を巻き込んで死なせてしまったということだけだ。

　感情が溢れる。ひた隠しにし、押し殺してきた感情が姿を現す。

「そんなことが家族に言えますか？　岸田さんの子供はまだ四歳です。あの子は父親のいない子になってしまった。俺は身元がばれる可能性があるから、葬式にすら行かなかったんですよ！　俺が引き込んだのに……っ！」

「落ち着け」

「俺のせいで……っ！」

自分の罪を訴えずにはいられなかった。手の震えが止まらない。

「だから無茶するのかあんたは！　責任を感じてるから、自分が危険な目に遭うことで償ってるつもりか⁉　そうやって自分を罰するのか？」

「……っ！」

そんなつもりはなかった。仇を取るためになら危険な目に遭ってもいいとは思っているが、自分を罰するつもりなど毛頭ない。そうしたところで、岸田の仇を討てるとも思っていなかった。

けれども鵜飼は、西沖本人ですら気づいていない感情を掘り起こそうとする。

「あんたは、自分を罰してるんだよ。いい加減に気づけ」

「そんなこと……」

「ないって言えるのか？」

答えられなかった。本当にそんなつもりはなかったのかと、自分の行動を振り返る。

（俺は……俺を罰してるのか？）

自問を繰り返すが、わからない。

岸田の弔いのためには、黒幕が誰なのか見つけ出して法の下に裁くことだ。そんなことはわかっている。だからこの二ヶ月、必死で捜査してきた。

「味覚障害になるほど神経張りつめさせやがって。もっと自分を大事にしろ」

やんわりと手首を摑まれ、胸倉からそっと外される。

西沖は、諭すような鵜飼の言葉に動揺していた。

これまでは、気をつけろとは言われても、自分を大事にしろなんて言われたことはなかった。

もちろん、西沖も仲間たちにそんなことを言ったことはない。なぜなら、危険に身を晒すのが潜入捜査官の仕事だからだ。決して西沖たちが薄情だからではない。

潜入捜査官には、常に危険がつきまとうことが大前提だ。それについて特におかしいとも思ったことはない。

ごく当たり前のことで、数ある常識と変わりはないのだ。

だからこそ訓練も重ねてきたし、自分の身を守る術も学んできた。

「なんて顔してやがる。自分を大事にするなんて、当然のことだろうが。ったく、あんたの仕事仲間はどういう神経してるんだ」

「あ、あなただって、自分の身を危険に晒そうとしてるじゃないですか」

「俺はあんたと違って命までくれてやるつもりはねぇぞ。自分の命は大事にしてる」

また、言葉を失った。

鵜飼は、命を落とすことも厭《いと》わないという考えが西沖の心のどこかにあることを見抜いていたのだ。何も言えずにいると、鵜飼はさらにこう続ける。

「俺は死なない。約束する。あんたにこれ以上罪の意識を背負わせたりしない」

「そんな口先だけの約束されたって……っ」

「口先だけじゃねぇよ」

真剣な表情で自分を見下ろす鵜飼を見上げたまま、西沖は揺れる思いを感じていた。

鵜飼なら、どんなことをしても約束を守ってくれそうな気がした。そんなことを約束されてもなんの保証もないとわかっているのに、なぜか心を動かされる。

「とにかく、俺はこの事件の真相を暴く。あんたが反対しても、勝手に捜査をするぞ。好き勝手動く。それなら、手を取り合って協力したほうがお互いのためだと思わねぇか？」

これ以上、何を言っても無駄だとわかった。鵜飼も覚悟の上で捜査している。

岸田の二の舞になりはしないかという思いもあったが、鵜飼が宣言しているように、ここで反対してもこの男は手を引きはしないだろう。それなら手を結んでできる限り鵜飼と協力したほうがいい。

「わかりました。あなたの言うとおりにします。その代わり絶対に……」

「ああ、死なねぇよ。絶対に死なねぇって約束する」

力強い言葉に、心が締めつけられる気がした。手で心臓を鷲掴《わしづか》みされたような感覚に見舞われ、鵜飼を凝視してしまう。すると、腕を引き寄せられ、背中に腕を回された。

何をするのだと躰を離そうとするが、後頭部をポンポンと叩かれる。

「ちょっと、何を……っ」

「いいからじっとしてろ。迷子にはこれが効くんだよ」

「迷子って……言ってる意味が……」

身を離そうとするが、よりしっかりと腕に力を籠められる。

「今のあんたは、迷子の子供と同じだっつってるんだよ。不安で、不安定で、今にも泣き出しそうだ」

今度は軽く背中を叩かれ、なぜか反論できなくなった。そんなことはないと言いたいが、鵜飼の熱い体温のせいか、それとも慰めるように背中を叩かれたせいかわからないが、言葉が出てこない。

「さらに犠牲者が出ることが怖いのか？　俺が死んだ岸田みたいに、天井から吊るされてるところを想像しちまったか？」

何も答えられない西沖に、鵜飼が軽く笑ったのがわかった。

「潜入捜査官なんて、捜査のためになんでも犠牲にするよう訓練された冷酷な奴ってイメージだったが、そうでもないんだな。他人のことになると、途端に臆病になる」

これまで自分が臆病だと思ったことなどなかったが、鵜飼の言葉に今まで気づきもしなかった己の弱さを自覚させられた気がした。

捜査官として未熟なのはもちろんだが、その上弱い。けれども、弱さを自覚した今、立て直すことができる。立て直す必要があることに気づいただけでもよかった。

「もう大丈夫ですよ。迷子になんか、なりません」

そう言うと、ようやく躰を放してもらえる。

「今日はこのまま帰るが、そのうちまた飯でも喰いにいくか」

「久留米ラーメンですか?」

「ああ、今度は味するかもしんねぇぞ」

相変わらずいい加減なことを言う鵜飼に、西沖は呆れたような笑みを口許に浮かべた。


西沖が自ら津川のもとへ向かったのは、鵜飼に自分の正体を明かしてから一週間が経ってからだった。

鵜飼に身元を明かしたことは、国東には報告しなかった。完全に自分のミスだが、潜入捜査を中断させられるわけにはいかないからだ。巻き込んで死なせてしまった岸田のためにも、捜査は続けなければならない。

鵜飼と細かな打ち合わせをして口裏を合わせた西沖は、いよいよ実行に移す時が来たかと、オーナールームの前で気を引き締めた。

ノックをしてから返事が聞こえると、軽く深呼吸をしてドアを開ける。

「失礼します」

「ああ、入れ。どうした?」

津川は、デスクで書類を確認していた。売り上げ関係のものだ。津川はいつもここで上がってきた報告に目を通す。中には、資金洗浄に関係したものもあるだろう。だが、今手を出すわけにはいかなかった。

黒幕の正体を突き止めるまでは、津川は泳がせなければならない。もどかしいが、それが西沖に課せられた使命だ。

「ご相談というか、報告したいことがあります」

「なんだ、言ってみろ」

まだ西沖の話にはそこまで興味を示していないらしい。書類から目を離さず、ファイルをめくりながら耳だけ貸すという態度で聞いている。

「最近、鵜飼という刑事がカジノによく出入りしているのをご存じですか?」

「鵜飼? 誰だそれは」

「所轄の刑事だそうです。以前、うちのホテルで自殺した男のことについて調べてると言ってました。殺人じゃないかと言われて、このところちょっとしつこくつきまとわれてるんです」

「しつこくか」

津川が視線を上げた。興味が西沖の話に向けられたのがわかる。

西沖の話に喰いついたことに上手くいったと思いながらも、同時に後戻りはできないとも感じていた。鵜飼と手を組むと決めたが、やはり完全に迷いを捨てきれていなかったのだろう。

だが、もうそれも終わりだ。鵜飼を利用するからには、護《まも》らなければならない。そのことだけに集中するのだと、強く自分に言い聞かせる。

「なんの根拠があるのかわかりませんが、変な噂を流されたら困りますから、一応ご報告はしておいたほうがいいと思いまして」

「そうか。この前はホテルの部屋に侵入者も出たしな。まったく、暇な奴らだ」

「俺もそれが気になったんです。軽くカマをかけてみたら、あの時の侵入者とは無関係みたいですが、刑事が嗅ぎ回っているなんて噂が立てば客足に響きかねないと思います。もしかしたら、うちの評判を落とそうとしている人間がいるのかもしれません。業界トップのうちが相手となれば、まともに勝負をしても無駄だと思っているんじゃないでしょうか」

「そうだな。痛くない腹を探られるのは、俺も好きじゃない」

津川は面白くないとばかりに言ったが、その表情は険しいものではなかった。口許に笑みを浮かべて西沖を見る。

「しかし、刑事相手にカマをかけるなんて、お前もなかなかやるな」

そう言って書類を置き、灰皿に置いていた葉巻に火をつけると、口の中で煙を転がして考え込む。

次にどんな言葉が出てくるのか、西沖はじっと待っていた。躾《しつ》けられた犬のように、主が言葉を発するまで微動だにしない。しばらくすると、津川は椅子の背もたれに背中を預け、躰をリラックスさせながら濃い煙を吐いた。

「ところで、お前は気にならないのか？　あの自殺者が本当は殺されたっていう噂について」

「気になるなら、ここで働き続けたりしません」

「刑事の言うことが本当だったらどうする？」

これは、ある意味岸田の死が自殺ではないという自白だった。少なくとも、西沖にとっては岸田を殺したことを認めているようなものだ。怒りという感情が頭をもたげる。

だが、表情に出すような愚かなことはしない。

どうしてそんなことを聞くのかと怪訝そうな顔をしてみせ、そして、あっけらかんとした態度で言う。

「俺が捕まるわけでもないですし。それに、俺のような人間がここよりいい給料を出してくれる仕事を見つけるのは多分無理です」

「そういえば、親父さんの人生を辿《たど》るところだったと言ってたな」

「はい」

思い出すのも嫌だというように顔をしかめた西沖に、津川は優しく聞いてくる。

「親父さんのことが嫌いか？」

「はい。ろくでなしでしたから」

津川は何度か小さく頷いてから、また葉巻を口に運んだ。その表情はどこか満足げだ。計算高い男の頭の中で今何が描かれているか、想像はできる。

家庭に恵まれなかった子供というのは、家に帰らず街をうろつき、同じ環境で育った子供同士で群れを作り出す。そしてそれはいつしか、擬似的な家族愛を与えてくれるマフィアやヤクザに取り込まれていくのだ。自分の居場所を見つけた子供たちは、組織のために尽くし、己の存在価値を見い出していく。

津川もそのことは知っているだろう。愛情に飢えて育った人間を装うことで、いい仕事とチャンスを与えてくれる津川を裏切らないと印象づけようとする。

「車が欲しいとも言ってたな。いい生活がしたいか？」

「もちろんです。金になる仕事があれば俺に言ってください。なんなら、あの刑事のことを調べます。故意に噂が流されているんだとしたら、あの刑事から噂を流した人間の情報を聞き出すことができるかもしれません」

「お前にそんな真似ができるのか？　相手は刑事だぞ」

「どうせしつこくされてるんです。利用しない手はないです。その代わり、成功したらボーナスを頂けますか？」

試しに言ってみたが、内心やりすぎたかもしれないとも思っていた。

芝居しすぎたかもしれない。

あまり調子に乗ると、言葉の裏を読まれそうな気もする。津川に都合のいい人間を演じるのはいいが、よすぎるのは駄目だ。加減が難しい。

どんな反応が返ってくるのかと、緊張気味に次の言葉を待つ。

「お前は気持ちがいいな。そういうタイプは嫌いじゃない。できる範囲でやってみろ」

クスリと笑う津川から、満足しているのが読み取れた。遠回しに言うより、この男にははっきりと要求するほうがいいらしい。今回は危険だったが、乗り切れた。

「仕事に戻っていいぞ」

「はい。では失礼します」

西沖は頭を下げ、オーナールームを出ていった。カジノに向かい、割り当てられたテーブルについて客を迎える。

その日は平日だったが、客足は週末のそれだった。テーブルの客は次々と入れ替わり、やり取りされるチップの量もかなり多い。金というやつは寂しがり屋で仲間がいるところに集まるというが、まったくその通りだ。

いったい、一晩の間にいくらの金が動いているのだろうと嗤いたくなる。

そんな気持ちを微塵《みじん》も表情に出さず客の相手をしていると、午後十一時を過ぎる頃に鵜飼がテーブルに現れた。軽くゲームをしてから帰ったが、このあと会おうと伝えに来たのはわかっている。

鵜飼が帰ったあとも淡々とプレイし、多くの客とゲームを重ねた。

一日を終えて外に出ると、背後からついてくる足音に足を止める。

「よぉ」

「どうも。よくも堂々とこられますね」

「俺にしつこくされてるって言ったんだろう？」

「ええ、今日報告しました。あなたのことを調べると言ったら、喜んでましたよ」

後ろを歩く鵜飼と会話をしながら、大通りに出た。駅に向かっていたが、やはりこのまま西沖をマンションに帰すつもりはないらしい。

「飯喰いにいくか。子猫ちゃん」

「子猫ちゃんって……俺のことですか」

「ああ」

「そんなふうに言われたことはないんですけど」

「迷子の迷子の子猫ちゃんって歌があるだろうが。ほら、来いよ」

思わず顔をしかめると、鵜飼は客を降ろしたばかりのタクシーに乗り込んだ。何か言ってやろうと思ったが、ここがまだカジノからそう遠く離れていないことに気づく。刑事につきまとわれていると報告はしたが、さすがに仲良くタクシーに乗り込むわけにはいかない。

わざと顔をしかめたくなるようなことを言ったのかと思い、まさかと嗤った。

「何してるんだよ？　早く乗れ」

西沖が無言でタクシーに乗ると、鵜飼は運転手に行き先を告げる。

連れて行かれたのは、三十分ほど離れた場所にあるラーメン店だ。以前、話に出ていた濃いとんこつの久留米ラーメンの店で、暖簾《のれん》には『宝生《ほうしよう》ラーメン』と書いてある。

大手ラーメン店とは違い、店はお世辞にも綺麗とはいえなかった。ここ数年よく見る女性でも入りやすそうな雰囲気でもない。

不機嫌そうな顔をした頑固オヤジがいそうだ。

「いらっしゃい！　あ。こんばんは、鵜飼さん」

「おう。繁盛してんな」

想像していたのと違い、店主はどう見ても二十代半ばという若い男だった。短めに刈り込んだ髪は明るい茶色に脱色されており、Tシャツの袖《そで》からタトゥーの一部が覗いている。

もしかしたら、仕事で知り合ったのかもしれない。

「今日は新しい客連れてきたぞ」

「いつもありがとうございます。カウンター席しか空いてないですけど、どうぞ」

店の中はほぼ満席で、レジの横にあるカウンター席がかろうじて空いていたため、鵜飼と並んで座る。

「なんにしましょう」

「炙《あぶ》りチャーシュー麺《めん》のチャーハンセットを硬麺で、あと生ビールと餃子《ギヨウザ》十個入り。全部二人前ずつな」

「オーダー入りました〜。生ビール二、炙りチャーシュー硬二、餃子大二、半チャー二」

青年が厨房《ちゆうぼう》のスタッフに向けて言うと、威勢のいい返事が返ってくる。こちらもまだ若いスタッフで、真面目に仕事に励んでいる姿勢が伝わってきた。

さすがにビールをキャンセルする気にはなれず、その代わり鵜飼に文句を言う。

「なんで俺の注文まで勝手にするんです？」

「常連のイチオシを喰うのが確実だろうが。ここの炙りチャーシューは最高だぞ」

「味しないって言ってたでしょ」

「喰ってみねぇとわかんねぇだろうが」

「ビールもいらなかったんですけど」

「あ、それは俺があんたの酔ったところが見てみたいからだ」

どういう意味だ……、と鵜飼を一瞥《いちべつ》すると、澄ました顔をしている。

ほどなくしてジョッキになみなみと注がれたビールが運ばれてきて、一方的にガツンと乾杯をされる。勢いよくビールを流し込む鵜飼の喉元に目を遣り、西沖も口をつけた。

ビールを飲むのは、どれくらいぶりだろうか。

潜入を始めてからは、修行僧のようにただ捜査のことだけを考えてきたため、必要に迫られない限りはアルコールなど口にしなかった。人としての楽しみの部分を、封印してきたと言っていい。

「津川の野郎、どんな様子だった？　あんたの話を信じたと思うか？」

「どうですかね。とりあえずは俺にあなたを調べさせるという姿勢でした。ただ、侮れない人ですから、俺以外の誰かにもあなたを調べさせるとは思います」

「望むところだよ。何でも調べやがれ」

鵜飼はハッと鼻で嗤い、またビールを呷《あお》った。

「それからもう一つなんですが、岸田のコロシを仄《ほの》めかすようなことも口にしました。自殺じゃないという白状と同じです。こんなことは初めてですよ」

「あんたが使えると判断したかもな」

そうだといい。

西沖は、心の中でそう強く願った。少しでも津川に近づいて、黒幕を炙り出したい。

「ところで、本当に仲間に報告しなくていいのか」

聞かれ、国東や他の同僚たちの顔が脳裏に浮かんだ。これは、ある意味裏切りとも言える行為だ。当然、罪を犯しているという意識はあった。だが、それ以上に岸田の仇を取りたいという気持ちが強い。

どんなことをしてでも、自分の手で岸田の仇を取って罪を償うという決意だ。

「あなたに正体をばらしてしまったことですか？　この仕事から外されるわけにはいかないですから。その代わり、鵜飼さんも……」

「ああ。絶対あんたのことは口外しねぇよ。お、来たぞ」

鵜飼がカウンターの中を覗くと、店員が白い皿を手にカウンターに向かってくるところだった。いい焼き色のついた餃子が載っている。

「お待たせしました。餃子二人前ですね」

「おう。腹ぺこだ」

そう言って鵜飼は、小皿に餃子のタレを注いでくれた。さっそく箸を割る。

「いただきます」

西沖は、深く考えもせずに餃子を口に放り込んだ。すると、まるで犯罪者でも見るような目で止められる。

「おい待て。何やってんだ？」

「え、なんです？」

「焼き餃子には柚胡椒がいいんだよ。ったく、せっかくここまで連れてきたってのに、何さっさと先に喰ってるんだ」

鵜飼はそう言って小さなビンに入った柚胡椒を餃子のタレに入れて溶いた。自分のぶんも同じように柚胡椒入りのタレを作って頬張り始める。

柚胡椒だろうがラー油だろうが西沖には味なんてわからないというのに、こうして食事に誘ったり美味しい食べ方を勧めたりするのは、どういう意図があるのだろうと思う。

確かなのは、そこにあるのが悪意でないことだ。

「俺は衝撃だったぞ、焼き餃子に柚胡椒。この店で覚えたんだよ。久留米ではするらしいぞ。なぁ、店長」

「柚は久留米じゃなくて、熊本《くまもと》なんですけど。九州《きゅうしゅう》は柚胡椒よく使いますから。はい、お待たせしました。炙りチャーシュー麺の硬麺ですね」

若い店主が中から笑顔でつけ加える。

相変わらず旨そうに食べる鵜飼を見ていると、味覚が恋しくなった。美味しいものを食べるという喜びが欲しくなる。

美味しいものを食べ、笑い、酒に酔う。もうずっと味わっていない、懐かしい感覚だ。恋しい。

普通の生活が、恋しくてたまらない。

「どうだ？　味するか？」

ぼそりと聞かれ、つい「する」と嘘を言いそうになった。

「しませんよ。ご期待に添えなくてすみませんね」

「そうか」

特に落胆したふうでもなく、鵜飼はそれだけ言って再び箸を動かし始める。

「替え玉、硬二つ」

また勝手に西沖のぶんまで注文されるが、文句は言わずに黙々と料理を腹に収めていった。

一杯目でスープを大量に飲むなと鵜飼に叱《しか》られ、それを見た店長に特別にスープを足してもらって、ラーメン二杯と餃子一皿、チャーハンとビールを完食する。

こんなに食べたのは久しぶりだった。腹を押されたら口から出そうだ。腹いっぱい食べるという感覚も、どのくらい味わっていなかっただろう。

「あー、喰った喰った。今日も旨かったぞ。おーい、会計頼む」

「ありがとうございます。伝票をお預かりします」

会計を済ませると、二人は店を出て空車のタクシーを拾ってそれに乗り込んだ。

後部座席のシートに躰を預け、食べすぎて唸《うな》っている西沖を見て、鵜飼は笑っていた。面白がられているのはわかっているが、なぜか心地いいと感じている自分に気づく。

窓の外を見ながら、味がするかと聞かれた時になぜ「する」と答えそうになったのか、考えた。

いや、味がすると言いたかったのではなく、美味しいと言いたかったのかもしれない。もっと言うなら、味はせずとも美味しいと感じていたような気もする。

（そうなのか……？）

そう自問し、答えの出ない疑問に心が乱れる。

最近、わからないことだらけだ。

# 4

チャンスは、突然訪れるものだ。

その日、西沖《にしおき》は津川《つがわ》に呼ばれて仕事前にオーナールームへと足を運んだ。津川は相変わらずの羽振りのよさで、葉巻の煙を口の中で転がしながら西沖を待っている。

頭を下げて中に入り、デスクの前に立つ。

「仕事前に悪いな。急なことだが、今晩佐々木《ささき》様がおいでになるそうだ。ＶＩＰルームを貸し切りにするよう言われた。お前が相手をしろ」

「二人でということですか？」

「もちろんだ。この前はいいと言っただろう？　それとも怖《お》じ気《け》づいたか？　お前が嫌なら無理強いはせんが」

「いえ、大丈夫です」

いよいよ来たかと、西沖は腹を括《くく》った。佐々木に近づき、探るチャンスだ。ここまでくるのに随分時間がかかったが、ようやく一歩踏み込むことができる。

「午後九時においでになる予定だ。十五分前には準備しておけよ」

「はい」

「下がっていいぞ」

西沖はお辞儀をしてからオーナールームを出ると、カジノへ向かった。それからテーブルにつき、普段どおり客の相手をしながら時間が来るのを待つ。午後八時半を過ぎる頃、テーブルを別のディーラーに任せてVIPルームに入った。

バーカウンターの中にはすでにバーテンダーが入っており、準備を始めていた。佐々木の好む酒が揃《そろ》っているか確認し、グラスに指紋がついていないかチェックしている。

西沖もテーブルにつき、時が来るのを待った。

佐々木が案内されてVIPルームに入ってきたのは、十時を十分ほど過ぎてからだ。

「お待ちしておりました。佐々木様」

西沖はテーブルの横に立ち、執事のような慇懃《いんぎん》な態度で頭を下げた。しかし視線では、まるで自分はあなたのしもべだというように、媚《こ》びてみせる。

「今日は楽しみにしていたよ」

「ゲームの前に、何かお飲みになりますか?」

「そうだね。バーボンでも貰《もら》おうか」

普段ならバーテンダーがオーダーを取りに来るところだが、その役目は西沖が買って出た。

おそらく彼も佐々木が何を望んでいるのか、わかっているのだろう。いつもより控えめにカウンターの中に立ち、自分の存在を必要以上に感じさせないよう心がけているのがわかった。

オーダーをバーテンダーに伝えると、早速ゲームを始める。

「さて、勝負といこうじゃないか」

「本気でお相手させて頂きます」

佐々木の自尊心をくすぐるためにわざとそんなふうに言い、西沖は新しいカードの封を切った。もちろん、カードを操作して勝たせるつもりだ。このチャンスを最大限に生かして、必ずその懐に飛び込んでみせる。

佐々木がベットを終えるとカードを配り、駆け引きが始まる。

バーボンが運ばれてきて、佐々木はそれに口をつけてから手のひらを上にしてカードを足すヒットの合図をした。フェイスアップ《表》の状態で一枚配る。ダイヤの3。もう一回同じ仕種で催促されてさらに足す。

佐々木の手持ちカードの合計が19になった。スタンド《勝負》。

西沖は、自分のホールカードをめくった。二枚の合計が16。さらに足してバスト《21をオーバー》させた。

勝った佐々木が満足げな表情を見せると、やられたとばかりに微笑を浮かべ、ゲームを続行させる。

佐々木の勝率は、七割五分ほどにした。佐々木が上機嫌になるために勝率を上げなければならないが、あまりあからさまだとわざと負けていることに気づかれてしまう。そうなれば佐々木の自尊心は傷つけられ、怒りを買うだろう。西沖に対する興味も、一気に失われるはずだ。

ただ、ヒットかスタンドか迷う場面では必ず勝たせることだけは外さなかった。運もだが、プレイヤーの判断で勝ったのだと思わせることは、佐々木のような男には有効な手段だからだ。

手持ちのカードが19になってもなおヒットの合図を送られた時はさすがに迷ったが、調子づいた様子から気づかれないだろうと、クローバーの2をくれてやる。

「今日は佐々木様にやられてばかりです」

「ついてるだけだ。まだ勝負はわからんよ」

「そうでしょうか」

西沖は、自分のホールカードをめくった。一枚足してバストさせ、やはり駄目かとため息をついて笑ってみせる。

「またわたしの負けです。すばらしいご判断でした。あそこでもう一枚足されると、なかなか勝てません」

「まぐれだよ」

満足げな佐々木に、また微笑を見せてやる。

「いえ、そんなことはございません。やはり、佐々木様は他のお客様とは違います。何かを為し得るかたというのは、違うのでしょうか」

「そんなお世辞を言ってわたしを喜ばせるなんて、悪い子だ」

言葉使いが変わった。『悪い子だ』なんて、おねだりをする愛人に向かって言う台詞《せりふ》だ。

佐々木の中で自分が裸にされているかもしれないと思いながら、ゲームを続ける。

今度は思いきって、佐々木の手持ちのカードをナチュラル21にした。

滅多に見られない役に、お手上げだという顔をしてみせた。

「もう今日は勝てる気がしません」

「いや、わしも負ける時にはあっさり負けている」

西沖の負けを確定させると、グラスを見て酒を勧める。

「飲み物のお代わりはいかがですか?」

「そうだね。もう一杯貰おうか。タバコをいいかね?」

「はい」

ゲームを中断させたが、佐々木はソファーには移動せず、ブラックジャックテーブルでタバコに火をつけた。隣に座ることはないが、テーブルを挟んだ二人の距離が却って佐々木をその気にさせているのはわかった。

早く西沖を連れ帰り、存分に自分の好きにしたいと思っているはずだ。

「君は歳《とし》はいくつだね」

「二十九です」

「若いな。若さはいい。わしのような歳になると、君のような若さが懐かしくなるよ」

「わたしは佐々木様のように、貫禄がおありになるかたが羨《うらや》ましいです」

「またそんなお世辞を言って、わたしを喜ばせて何を企んでいるのかな」

「企むだなんて……ただ最近、自分はファザコンなのかもしれないと思うことがあります」

誘った。

ファザコンなんてありきたりな台詞だが、佐々木のような男を喜ばせるのには十分だ。

「若い人にそう言われると嬉《うれ》しいよ。おじさんなんて言われる歳だからね」

「いいえ、佐々木様はお召し物のセンスがおありで、紳士的な方ですので、おじさんなんて言葉は似合いません」

佐々木が、ますます嬉しそうに目を細める。

「君とのゲームは楽しい。特別な時間だよ」

「そう言って頂けると光栄です」

「仕事は何時までだね？」

「今日は佐々木様のお相手をするように言われております。オーナーの許しは得ておりますので、報告さえすればどこにでもお伺いすることはできます」

「そうか。では、このあと、わたしのマンションでもう一勝負せんかね？」

もっともらしい言い方で誘う佐々木に、西沖は微笑で答えた。

「はい。喜んでお伺いします。すぐにお出になりますか？」

「そうだね。そうしてくれ。わたしは車で待っているから、津川社長にそう伝えてくるといい」

「承知しました」

西沖はＶＩＰルームを出ると、津川に佐々木のところに呼ばれたと報告して早退の許可を貰った。ロッカールームで着替え、カバンの中に用意していた盗聴器を確認してから佐々木のもとに急ぐ。佐々木は、ホテル前に停めてあるメルセデス・ベンツの中で西沖を待っていた。

こうして待っている時間もまた楽しみだというように、その表情は柔らかだ。西沖が車に近づくと、ポーターがドアを開けてくれる。

「失礼します」

頭を下げ、佐々木の隣に座った。

一千万クラスの車だけに乗り心地はよく、こんな車に当然のように乗っている佐々木とは住む世界が違うと思った。世の中には、この程度の贅沢《ぜいたく》ができる人間などいくらでもいる。

途中、車は渋滞に巻き込まれ、動かなくなった。佐々木を見るが、いつものことだとばかりに悠々と構えている。脂ぎった欲望を抱えているとはいえ、オアズケされているうちはちゃんと待てるくらいの理性は持っているらしい。むしろ、料理に手をつけるまでの時間が長いほど、熱くなれるといった表情だ。

その時、歩道に人だかりができているのに気づいた。

「何か事件かな？」

見ると、道沿いにある店の出入り口に規制線が張られてある。制服の警察官が野次馬たちを整理し、関係者以外入れないようにしているようだ。後ろに下がるよう、しきりに声をかけている。

その中に、鵜飼《うがい》の姿を見つけた。なぜ、と思うが、よく考えると当然のことだ。鵜飼は所轄の刑事なのだ。独自に岸田《きしだ》の自殺について捜査しているとはいえ、普段は街の安全を護《まも》っている。事件が起きれば、駆けつけるだろう。

まさかこんなところで出くわすとは……、と嗤《わら》い、なんとはなしにその様子に目を向ける。

同僚らしい刑事が店の中から出てきて、鵜飼と二人で話を始めた。さらに、外国人男性も出てきて、鵜飼に押し込まれるようにしてパトカーに乗せられる。

そして、顔を上げた鵜飼が西沖に気づいた。

ドキリとし、固まったまま遠くから注がれる視線に西沖は耐えていた。

高級車の後部座席に乗っていることを、どう思っただろう。西沖が潜入していることを考えれば、想像くらいつくかもしれない。

目を逸らし、もう見ないようにする。だが、目を逸らしたあとも、鵜飼に見られている気がした。

なぜ、こんなタイミングで遭うのだろうと思った。こんな時に、知っている人間に遭いたくなかった。同時に、どうしてこんな気分になるのだろうと、動揺している自分に驚かされる。佐々木に媚びるのも躰《からだ》を差し出すのも、捜査のためだ。恥ずかしいことだとは思っていない。

それなのに、なぜこんなに嫌な気分になるのか――。

（しっかりしろ……）

西沖は、これから盗聴器を仕掛けるという大事な仕事をしなければならないのだと自分に言い聞かせた。車が走り出して鵜飼たちのいる現場から遠ざかると、もう一度ファザコンの気のある淫乱《いんらん》な男を演じるために、自分を立て直す。

「ようやく動き出した。この辺りは渋滞がひどいね」

「はい」

佐々木の手が膝《ひざ》の上に伸びてくると、西沖は笑みを浮かべながら視線を合わせ、自分の指を絡めた。


佐々木のマンションは、豪華だった。

玄関の床は大理石で、モダンなデザインで統一されている。廊下の途中にはいくつもドアがあり、突き当たりのリビングに入るとレザーソファーがいくつも並んでいた。二、三十人規模のパーティーなら、ここで行えるだろう。キッチンも開放的で、料理をしながらリビングのゲストたちと会話ができるようになっていた。また、サイドボードの中には高級な酒がずらりと並んでおり、ワインセラーの中も充実している。

「まぁ、座りたまえ」

「はい」

返事はしたがソファーに腰を下ろさず、あからさまに戸惑いながら部屋を見渡した。そんな西沖を見て、佐々木はますます上機嫌になる。

「すごいですね。こんなところにお住まいだったんですか」

「リラックスしていいんだよ。そんなに緊張することはない」

佐々木は、キッチンへと入っていった。

「何か食べるかね？　簡単なものしかないが、めずらしいものも少しはあるんだよ」

「お手伝いします」

一緒に中に入ったのは、そこからリビング全体をチェックするためだ。コンセントの位置や窓の位置、他にも盗聴器を仕掛けられそうな場所に目星をつけていく。

「すまないね。家政婦は住み込みじゃないから、夜はなんでも自分でやらなきゃならないんだよ」

佐々木は、二つある大きな冷蔵庫の一つを開けた。

「家政婦に用意させておいた。生牡蠣《なまがき》は大丈夫かね？」

「はい」

プレートに並んでいたのは、殻つきの牡蠣だ。大ぶりの身は艶《つや》やかで、ひと目で新鮮なものだとわかった。レモンや香草も添えてあり、見た目も美しい。牡蠣の季節が冬だということを考えると、海外から取り寄せたものだとわかる。

パントリーの扉を開けるよう言われて従うと、そこにはたくさんのめずらしい食材が並んでいた。ロブスターやウサギの煮込みの缶詰など、こちらも海外から取り寄せたものばかりだ。

佐々木はその一つを手に取り、蓋《ふた》を開ける。

「これは美味しいんだ。食べてみるかね」

「あ、でも……」

「遠慮などしなくていい」

缶詰を開けた佐々木は、手でロブスターの身を摘まんで西沖の前に差し出した。戸惑うふりをしてから口を開けると、大ぶりの身を口に押し込まれる。ずんぐりした佐々木の指が口の中に入ってきて、西沖はその誘いに乗って指を舐《な》めてみせた。

「どうだね？」

「はい、美味しいです」

ロブスターの身は引き締まっていたが、相変わらず味はしなかった。だが、味がしたところで、美味しいとは思わないだろう。

思い出すのは、数日前に鵜飼と行ったラーメン店だ。勝手に注文され、たらふく食べさせられた。わかっていたが、鵜飼は人の胃袋のサイズに配慮するようなタイプではない。

「君が何かを食べるところが見たかったんだよ」

佐々木の言葉に、我に返った。他のことを考えている場合ではないのにと、気持ちを切り替える。

「そんなに見ないでください」

「そのお願いは聞けないな」

その言葉がどんな意味を持つのか、大体わかった。食べる姿は、時折セックスを思い出させるからだ。佐々木は、西沖が自分のイチモツを咥《くわ》えるところを想像しただろう。

「ワインを開けよう。好きなワインを取るといい。グラスも出してくれるかね」

「はい」

西沖は、キッチンを出てリビングのワインセラーを覗《のぞ》いた。適当に一本取り出してリビングのテーブルに置く。七一年の赤。ワイングラスも出して並べると、料理のプレートをもった佐々木がキッチンから出てくる。

「その年のワインはデキがいいんだよ」

「あ。すみません、佐々木様に運ばせてしまって」

「いいんだよ。そこに座りなさい」

ソファーに座り、ワインを開けて乾杯した。牡蠣を勧められ、柔らかな身を吸うようにして口に入れる。

佐々木が西沖の食べる姿を見ながらワインを飲んでいる間、さらに部屋の間取りをドアの数から想像した。どこから手をつければ、くまなく盗聴器が仕掛けられるだろうか。最低限、リビングと書斎には取りつけたい。

三十分ほどかけてワインを一本開けると、佐々木がようやく立ち上がる。

「シャワーを浴びてくるから、君は好きにしてるといい」

「はい。お酒をもう少し頂いていてもよろしいでしょうか？」

「ああ、好きにするといい」

その姿がシャワールームに消えると、西沖は水音が聞こえてくるのを待ってから盗聴器を仕掛け始めた。

まず、リビング。コンセントカバーを手早くドライバーで開け、中に設置する。タップ型もあるが、より見つかりにくいのは、やはり外から見えない形で仕込むことだ。

さらに書斎。ベッドルームの中にも仕掛けた。

キングサイズのベッドを見て、これからここであの男の相手をするのかと憂鬱《ゆううつ》になったが、考えないようにする。

佐々木の頭の中がいくら西沖を抱くことでいっぱいだろうが、やはり盗聴器を仕掛けるのには神経を使った。いつ戻ってくるかわからないため、バスルームのほうから聞こえてくる音に聞き耳を立てながらの作業になる。気が抜けない。

用意していた盗聴器をすべて仕掛けるまでに、約十分。そろそろ戻ってくる頃だと、リビングに戻ってワインを口に含んだ。

あとは、国東《くにさき》に連絡をすれば受信機を持った捜査員を派遣してくれるだろう。タワーマンションの上階からの電波でも受信できる性能だ。ここで資金洗浄に関する会話がされれば、内容はすべて捜査員に筒抜けになる。

「待たせたね」

バスローブに身を包んだ佐々木が出てきて、西沖は持っていたワイングラスをテーブルに戻した。

丹念に躰を洗ったようだ。自分が中年だということを、ちゃんと自覚しているらしい。西沖に対する気遣いというより、くだらない見栄だ。臭いで西沖の気持ちを萎《な》えさせるようなことがあっては、高いプライドが傷つく。

「どうだね。リラックスしてるかね」

「はい」

佐々木が近づいてくるのを、なんとも言えない気持ちで待っていた。ここからは、野となれ山となれだ。佐々木が飽きるまで、どす黒い欲望につき合わなければならない。

「わたしもシャワーをお借りしてよろしいでしょうか？」

「いや、このままでいい。君の匂《にお》いを洗い流してはもったいないからね」

隣に腰をかけた佐々木に手を握られ、背中に腕を回される。粘着質の視線に鳥肌が立ちそうになった。

「あの……実は、初めてなんです。こうして男性と……」

言葉を濁したのがよかったのか、佐々木はますます喜んで鼻息を荒くして躰を寄せてくる。

この調子だと、二時間では終わらないだろうと諦《あきら》めの境地になった。

「大丈夫だよ。優しくしてあげよう。君が痛い思いをしないでいいように」

「はい。お願いします」

頷《うなず》くと、西沖はベッドルームへと連れていかれた。そのあとは、予想していた以上におぞましい時間を過ごすことになる。

佐々木の前戯は長く、早く終わらせてしまいたい西沖を見事に絶望の淵《ふち》へと叩《たた》き落としてくれた。

最初の一時間は、躰を弄《いじ》り回すことに費やしただろう。同じ場所に何度も手を這《は》わせ、舌を這わせ、自分より二回り近くも歳下の男の躰に頰ずりした。ドリンク剤でも飲んだのか、佐々木のイチモツは異様に勃起し、西沖は拷問に耐えるような気分でそれを受け入れた。

痛みと嫌悪以外、何も感じない。

しかも、佐々木はなかなか西沖を帰そうとはしなかった。一度果てても、休憩を入れてもう一度初めから西沖を抱く。

感情を抑え込み、耐え、時間が過ぎることだけを考えて自分を殺した。

ベッドから降りてシャワーを浴びることを許されたのは、午前四時半を過ぎた頃だ。泊まっていくよう言われたが、それだけは耐えられなくて仕事を言い訳にマンションを出る。

人気《ひとけ》のない道を歩きながら、西沖はまだ消えない佐々木の臭いに顔をしかめて携帯を取り出した。連絡する相手は、もちろん国東だ。まだ寝ているのか、コール音はなかなか途切れない。

ようやく国東が出ると、疲れを声に出さないよう心がける。

「俺です。すみません、こんな朝から」

『どうした？　何か問題が起きたか？』

「いえ、例の件です。作業を完了したので、捜査員を派遣してもらえますか？」

『佐々木のマンションか？』

「はい。事前に連絡を入れる暇がなくて、急ですみませんが頼みます」

『わかった。今から捜査員を佐々木のマンションに向かわせる。佐々木が自宅で何か手がかりになることをしゃべってくれれば、必ず捜査は進展する。よくやったな』

ねぎらいの言葉が、救いになった。捜査の進展という期待が、今の西沖を支えていると言ってもいい。

だが、今はこれ以上知っている人間の声を聞いていたくなくて、早々に電話を切る。

「それじゃあ」

携帯をしまうと、西沖は再び歩き出した。

早朝の澄んだ空気を吸いながら、徐々に白くなっていく東の空に時々目を遣る。十五分くらい歩いただろうか。空車のタクシーを見つけ、それに乗り込んだ。運転手に行き先を告げたあとは、ただ黙って運ばれる。

タクシーの後部座席に座っている間、項垂《うなだ》れたまま身動き一つしなかった。気分が悪く、今にも吐きそうだ。運転手もそれを気にしているらしい。

「お客さん、大丈夫ですか?」

なんとか顔を上げ、「大丈夫だ」と答えると、それきり何を聞かれても返事をしなかった。

今は他人に配慮してやる余裕などない。

自分のマンションが見えてくると、西沖は財布を出して万札を取り出した。車が停車するのと同時に運転手に渡す。

「釣りはいいです」

「どうもありがとうございます」

タクシーを降りると、重い足を引きずりながらマンションの敷地に入っていった。仮の住まいとはいえ、住み慣れた場所だ。ようやく自分のねぐらに帰ってこられたと、安堵《あんど》する。けれども、西沖の足はエントランスを潜《くぐ》る前に止まった。

鵜飼が、マンションの前に立っていた。西沖を待っていたのは、間違いない。

どうして……、と口に出そうとして、佐々木の車に乗っていた時に鵜飼を見たことを思い出す。鵜飼と視線が合ったのは確かだ。あまりにおぞましい時間の連続に、すっかり忘れていた。何をしてきたか聞きに来る可能性くらい予想できただろうに、なんの準備もしていなかったことに思わず嗤う。

このまま踵《きびす》を返したかったが、そういうわけにもいかず、西沖は鵜飼に向かって歩き出した。


「朝帰りか」

開口一番、鵜飼は西沖のしてきたことを知っているような言葉を発した。茶化すような言い方ではなく、本気で何をしてきたのか確かめようとしているのがわかる。怒っているようでもあり、なぜそんなふうに責められなければならないのかと思った。

捜査員は、捜査のために全力を尽くすのが仕事だ。しかも、命の危険を冒してきたわけでもない。

「だからなんです？　俺だってたまには酒くらい飲みますよ」

「酒だけか？」

疲れを見せないほうがいいとわかっているが、そんな余裕すらなかった。立っているのもやっとで、今にも膝が崩れそうだ。それでも、弱ったところなど見せるものかと気丈に脚を踏ん張る。

「飯ならもう済ませたんで、一人で行ってくださいよ。毎回鵜飼さんにつき合ってどか喰いしてたら、せっかくのスタイルが崩れるじゃないですか。俺もまだ女にモテたいんです」

軽い冗談を言って余裕を見せたつもりだったが、鵜飼の険しい表情は変わらなかった。いつもはこんなことは言わないのに、なぜペラペラしゃべったのか自分でもわからない。

自覚していた以上に、疲れているのかもしれない。

「どこに行ってた？」

「あなたに言う必要はあるんですか？」

「車で一緒にいた男は誰だ？」

「やめてくださいよ。浮気してきた男じゃないんですから……」

言ってから、何を言っているんだと頭を抱えたくなる。

失敗した。これでは、何をしてきたのか白状したようなものだ。鵜飼はやっぱりという顔で西沖を見ており、その視線を耐えがたく感じた。見ないで欲しい。

佐々木に抱かれたことを鵜飼に知られることに、こんなにダメージを受けるなんて自分でも驚きだった。

男としてのプライドだろうか。

いや、違う。もっともやもやとした感情だ。こうして見られていることすら苦痛で、頼むからこれ以上この件について問いつめないでくれと、泣き言を言いたくなる。

鵜飼と馴《な》れ合いすぎたのかもしれない。そんなつもりはなかったが、心を許していた。必要以上に、自分のテリトリーに踏み込ませた。判断ミスだ。

「目立ちますから、とにかく中へ……」

ここで揉《も》めるのはまずいと、マンションの中へと促した。鵜飼もそれはわかっているようで、部屋の中に入るまでひとことも言葉を発しない。だが、いざ黙り込まれると、二人の間の沈黙に問いつめられる以上の苦しみを感じた。無言の鵜飼が何を考えているのか、想像してしまう。

部屋に入ると西沖は黙ってキッチンに入り、冷蔵庫を開けてミネラルウォーターを取り出した。二つのうち一つを鵜飼の目の前に差し出す。

「鵜飼さんも飲みます？」

「誤魔化すな。あんた、捜査のために身売りまですんのか？」

はっきりと言葉にされ、隠す気も失せた。ペットボトルの蓋《ふた》を開けて勢いよく飲み、それをテーブルの上に置く。

「それが何か？」

西沖は、怒ったような顔で自分を見る鵜飼を真正面から受け止め、睨《にら》み返した。こんな態度でも取らなければ、弱音を吐いてしまいそうだった。今、弱さを見せてしまえば、あとはなし崩しに弱くなっていきそうな気がする。

そんなことがあってはならない。捜査はまだこれからだ。この手で、岸田の仇を取ると決めた。今リタイアするわけにはいかない。

「なんのためだ？　どうして躰を売ってまで近づく必要がある？　あの男は誰なんだ？」

「佐々木登《のぼる》ですよ。貿易会社の社長で、殺された岸田が仕えていた有本達夫《ありもとたつお》の義理の弟です」

有本の名を聞いて、鵜飼の顔色が変わった。これで納得したかと、軽く嗤って続ける。

「しかも、佐々木は勝野忠《かつのただし》の大学時代の友人です。今は縁が切れてるように装ってますが、おそらくまだ連絡は取り合ってます」

勝野の名前を聞いて、ピンときたようだ。信じられないとばかりに、目を見開く。

「自由民生党の勝野忠か？　カジノ特区法案を通すのに力を入れてた議員だろう。津川が後押しするようになってから、力をつけた」

「ええ。中堅クラスの政治家でしかなかった勝野が地位を上げていったのは、ご存じのとおりです。津川とはギブアンドテイクの関係で、切っても切れない間柄ですよ。勝野はおそらく、佐々木を使って『Paradise Hotel & Casino』を通した資金洗浄を行ってます。見返りはもちろん津川が特区内でのカジノ経営を有利に進められるよう手を回すこと」

鵜飼の表情が、いっそう険しくなった。三人の関係から推測して、勝野がなぜ、有本が自由民生党の公認を得ることに力を貸したのかもわかっただろう。

鵜飼の中で、四人が繋《つな》がったはずだ。

「岸田殺しにも佐々木が関わってるのか？」

「それはわかりません。ただ、もう一人黒幕がいるのは確かです」

「警察に圧力をかける力は、勝野にはないってことか」

「ええ。他殺疑惑も飛び交った捜査にストップをかけられるんです。そいつを炙《あぶ》り出さないことには、根本的な問題解決にはなりません。それに、岸田さんの仇を討ったことにも」

どうしてこんなことを言うのか、自分でもわからなかった。これらは、命を削るような思いをしながら捜査をした結果得た情報だ。鵜飼と手を結んだとはいえ、上司の許可もなく、簡単に漏らしていいことではない。

もしかしたら、鵜飼に対して自覚している以上に信頼の念があるのかもしれなかった。鵜飼も、岸田を殺した犯人を——実行犯だけではなく、殺害を命じた相手を必ず突き止めようとしている。同僚たちのサポートがあるとはいえ、現場にいるのは西沖一人だ。

孤独と闘いながら捜査している身だからこそ、現場で危険を顧みずに捜査している鵜飼を同志のように感じている。

「佐々木に近づく必要があったのは、そういう訳なんですよ。佐々木のプライベートの空間に盗聴器を仕掛けることは、この捜査にとってかなり有利に働きます。あなただって、岸田を殺した実行犯とそれを命じた人間を捕まえたいでしょう？」

だから、もうこれ以上自分のしてきたことに口を出さないでくれと訴えた。これ以上、自分のやることに干渉しないでくれと。

けれども鵜飼は、そう簡単には引き下がらない。

「そんな理由か？」

「え……」

「そんな理由のために、躰を差し出して当然だってのか？　そんなことはな、自分を粗末にしていいことにはなんねぇんだよ」

「何きれいごとを言ってるんです。奴らを豚箱に叩き込めるなら、なんだってします。鵜飼さんだって、自分の身を危険に晒してるじゃないですか」

「いい加減にしろ！」

鵜飼の怒りは収まるどころか、大きくなっていくようだった。西沖が佐々木に躰を差し出した理由など関係ない。そんなことは、理由にはならないと思っているのだ。

「自分を大事にしろと言っただろうが！」

「大事にしてますよ！　俺だって、最低限の身の安全くらい護《まも》ってます。それに、奥さんと小さな子供を遺して死んだ岸田さんに比べたら、俺が男に躰を差し出すことくらい……」

「平気だってのか？」

静かに、だが怒りを抑え込んだような声で聞かれ、返事につまる。

鵜飼と目を合わせたまま、西沖は掻《か》きむしるように自分の首筋に触れた。佐々木に唇で愛撫《あいぶ》された時の感覚が蘇《よみがえ》り、虫が躰を這い回っているようなおぞましさに見舞われる。

平気なわけがなかった。

平気なふりをしているが、こうしている今も躰に染みついた佐々木の臭いが漂ってくるような気がした。シャワーで洗い流したのに、粘着質の愛撫と同じでいつまでもまとわりついて消えてくれない。

性欲を満たすおもちゃにされ、プライドも何もかも踏みにじられたあの時間を、躰に残ることの感覚を、すべて忘れたかった。言いなりなのをいいことに、西沖の躰を好き放題弄り回したあの満足げな佐々木の顔も記憶から消したい。

「おい、どうした？」

「もういいでしょう。そんな目で……見ないでください」

鵜飼の視線に晒されていることに耐えきれずに部屋を移動しようとするが、二の腕を摑《つか》まれる。顔を背けて逃れようとしても、鵜飼は許してくれなかった。どんな顔をしているのかと、表情から西沖の心を覗き込もうとする。

二の腕に喰い込む指が痛く、またシャツ越しに感じる体温が高く、西沖は鵜飼そのものを感じずにはいられなかった。

触れている場所はほんのわずかだというのに、鵜飼という男をより強く感じる。たまらなくなった。

振り返り、心配そうに自分を見下ろすその表情を見上げた西沖は、鵜飼の躰を引き寄せて唇を重ねた。より深く口づけられるよう、首に腕を回して躰を寄せる。

唇を離して鵜飼を見ると、予想以上に驚いた表情が見られた。

「おい、どういう……、——んっ」

もう一度、唇を塞《ふさ》いで黙らせる。

どうしてこの男の手は、こんなにも温かいのだろうと思った。

腰に添えられた鵜飼の手から、少しばかりの動揺が伝わってきた。いきなり男に迫られても突き飛ばすようなことはせず、かといってすぐにその求めに応じようともしない。

そこにあるのは、このまま続けていいのかという迷いだ。自棄《やけ》になっている西沖に対する思いやりを感じ、もっとその優しさに浸りたくなる。

鵜飼がどういう人間なのかが、よくわかる気がした。人として大事なものを、ちゃんと持っている。

「自棄になるな。後悔するぞ」

「後悔なんて、しませんよ」

言いながら、自分が鵜飼に汚されたがっていることに気づいた。佐々木の痕跡を消し、代わりに鵜飼のそれを深く刻み込んで欲しいのかもしれない。

「こんなことで……消せるのか？」

答えなかったが、あまりにも切実に求めたからか、鵜飼は西沖の腰に回した腕にグッと力を籠《こ》める。熱い抱擁に胸が締めつけられ、もっと鵜飼を知りたくなった。

「いいから、続けて……ください」

「本当に、いいんだな？」

構わないと言う代わりに、西沖は鵜飼を抱き締めた。その匂いを吸い込み、戯れに鎖骨に噛《か》みついてみせる。

静かな部屋に二人の熱い吐息が漏れると、今だけだと自分に言い聞かせながら、西沖は理性を手放す覚悟をした。

男二人が抱き合うには十分な広さとは言えないベッドの上で、西沖は鵜飼の熱さに狂わされていた。

優先されるのは鵜飼の欲望ではなく、西沖の快楽だ。次々と注がれる愉悦に戸惑いながら、身も心もこの行為にどっぷりと浸からされる。紳士を装いながらも、結局は自分の欲望を満たすことしか頭にない佐々木とは大違いだ。

情熱的な抱擁は思考する力を奪い、夢中にさせてくれる。

「ぁ……っ、……はぁ……、……ぁあ」

「いいぞ、全部忘れちまえ」

いったん覚悟を決めると、躊躇《ちゅうちょ》はないようだ。とことんつき合ってやるとばかりに、大胆に触れてくる。

時折佐々木の顔が脳裏をよぎったが、目を開けると鵜飼の男らしい表情が目に入り、おぞましい記憶を少しずつ消してくれた。佐々木との行為に、上書きされていくようだ。所有物に押された焼き印のように深く刻まれたその記憶は、鵜飼の手により消されていく。

だが、西沖にとってこの行為はそのこと以上に、もっと意味のあることになっていた。

目の前の鵜飼は、これまで見たどんな鵜飼よりも野性的で男の色香に溢《あふ》れていた。情熱的で真剣な目に見つめられているだけで、肌が熱を帯びていく。

自分の目元が熱くなっていくのを自覚して恥ずかしくなるが、鵜飼は目を逸らそうとはしなかった。西沖の反応一つ一つをしっかりと見てやるとばかりに、熱い視線を注いでくる。

「ぁ……っ」

スラックスの前をくつろげられ、いきなり舌を這わされて掠《かす》れた声をあげた。中心はすでに硬くなっており、鵜飼の愛撫によりさらに張りつめていく。先端の小さな割れ目から溢れる蜜《みつ》が鵜飼の舌に搦《から》め捕《と》られていくその様子は、あまりに卑猥《ひわい》で、西沖は目元をより熱くして戸惑いとともにその姿を目に映していた。

まるで肉食獣の食事だ。

狩りを成功させた獣は、手にした自分だけの獲物に存分に牙《きば》を立て、赤い舌を出して悠々と西沖を味わっている。

「はぁ……、……ぁ……、……あぁ……」

何度も佐々木に握られ、乱暴に擦《こす》られて無理矢理イかされたが、鵜飼の愛撫はまるで違った。どうしてこんな触れ方をするのかと思うほど、じっくりと探るように愉悦を注ぐ。

優しく舌を這わせられて、無意識のうちに息は小刻みになっていった。膝が震え、はしたなく腰を浮かせて求めてしまいたくなる。

「はぁ……っ、……ぁあ……、……っく」

これほど焦《じ》らされたことがあっただろうかと思うほど、身も心も欲しがっていた。躰の奥から、そして心の奥から、鵜飼を欲しがってやまない自分の本音が漏れ聞こえてくる。どんなに理性で覆い隠そうとも、求める声を完全に消すことはできない。

「はぁ……っ！」

くびれに舌先が当たり、より強い快楽に襲われた西沖は、シーツを摑んでもどかしい快感に身を捩《よじ》らせた。鵜飼が確実に西沖の中から欲望を引き出していく。

自分の快楽など、二の次だ。

これでは、自分が佐々木と同じだと思い、鵜飼にも奉仕しようと身を起こした。しかし、それに気づいた鵜飼にやんわりと制される。

「気にするな。あんたがよがってる姿を見たいんだ。尽くすのも悪くない」

「……何、を……、……はぁ……っ」

「嘘《うそ》じゃねぇよ。俺だって、同情だけで男を抱けるほどデキてねぇんだ」

どういう意味だと思うが、正常に考えることなどできなくなっていた。同情だけではないなら、いったいなんなんだと思いながらも、身も心もさらに深く溺《おぼ》れていく。

くびれの辺りに舌が何度も搦められ、躰の奥から熱いものが噴出しそうになる。

「ぁ……っく、……ぁあっ、あ、……待……っ、……あ！」

「いいぞ。出しちまえ。飲んでやる」

あからさまな鵜飼の言葉に触発されたように、あっという間に高みが近づいてきて、戸惑いながらも西沖は迫り上がってくるものに身を任せた。シーツをきつく摑んだまま、下腹部を震わせる。

「――ぁああ……っ！」

あまりに早く果てたことに驚きながら顔を上げると、鵜飼は舌なめずりをしながら顔を上げた。その言葉どおり、自分が放ったものを飲まれたとわかる。

カッと目元が熱くなるが、食事を楽しんでいるような満足げな表情にさらなる欲望が湧き上がってきた。これほど自分が欲深いものだったのかと驚きながらも、手を伸ばして鵜飼の頰に触れ、唇を近づけてもう一度キスをする。

「ん……」

鼻にかかった甘い声を漏らすと、鵜飼もまた情熱的に求めてきた。互いのシャツを剝ぎ取っているうちに、口づけは次第に動物的なものへと変わっていく。

「んっ、ぅん……っ、んんっ、……ん、……ふ」

なんとか理性を働かせようとするが、自分を抑え込もうとすればするほど、それが無理なことだということを思い知らされた。こんなにも自分を見失うことは初めてで、どうすればこの甘い泥濘《でいねい》から抜け出せるのかわからない。

そんな西沖に鵜飼も情熱的に襲いかかってきて、これまでとはさらに違う一面をその前に晒した。怖いくらい真剣な眼差《まなざ》しに、息がつまりそうだ。

「はぁ……っ、ぁ……、……ぅん、……んんっ」

首筋に歯を立てられると、言葉にならない快感に身を震わせた。全身に鳥肌が立つが、肌の上を走る痺《しび》れは嫌悪とはほど遠いものだとわかっている。悦《よろこ》び、あまりの快感に噎《むせ》び泣きしている。

ぶつけられる情熱に触発されたように、もっと噛んでくれと躰で訴えた。顔を仰《の》け反《ぞ》らせ、ここに歯を立ててくれと首筋を晒け出す。

「ぁ……っく、……ぁ……っ、……はぁっ、……ぁあっ！」

鵜飼の背中を抱き締め、汗ばんだ肌を手のひらで味わい、指を喰い込ませた。盛り上がった背筋は弾力があり、見ずとも力強さを感じられる。鵜飼が動くたびに背筋も動き、美しくも逞《たくま》しい肉体を直接感じることができた。

また、微《かす》かに鼻孔をくすぐる鵜飼の体臭に、淫蕩《いんとう》なものの気配を感じる。

「んぁ……、……っ、……ぁ……」

何度口づけを交わしても、足りなかった。もっと深く、鵜飼と交わりたい。もっと強く鵜飼を感じたい。

男を欲しいと思ったことなどなかったが、今の西沖は明らかに鵜飼を欲していた。佐々木に抱かれたことにより、眠っていた性的指向が目覚めたのとも違う。

単なる欲望ではないとするなら、この感情はいったいなんなのだろうか。

わからないまま、湧き上がってくる感情に身を任せた。そうしていると、気遣うようだった鵜飼にも変化が表れる。

「待ってる間……俺が、……どんな、気持ちだったか、わかるか？」

荒っぽい息遣いとともに聞こえてきたのは、そんな言葉だった。まるで西沖を責めているかのように、欲望に掠れた声で続ける。

「あんたが、なんのために……車に乗ってるかくらい、……想像できた」

いきなり強く首筋に噛みつかれ、西沖は痛みに顔をしかめた。

「――あっ！」

凶暴な愛撫に戸惑うが、同時に被虐的な悦びを感じていることにも気づかされる。もう一度歯を立てて欲しいという本音が、顔を覗かせていた。もっと、痛みが欲しかった。

怒りのままに、自分を罰して欲しかったのかもしれない。

「何時間も、あそこで……、違ってくれと思いながら、待ってたんだよ……っ」

何を言っているんだと思いながらも、鵜飼の乱暴な愛撫にますます深みに嵌《は》まっていくのをどうすることもできない。

責められるほどに、感度がよくなっていく。

「本当に……自分を、売っちまうなんて……。あの時、無理矢理職質でもして、あんたを車か

ら……引きずり下ろすんだった。誰にも……触らせたくなかった」

鵜飼の口から出てくるのは、信じがたい言葉の連続だ。だが、行為を盛り上げるためにそんなことを言うタイプではない。しかも、必死で理性を保とうとする様子から、本気だとわかる。

鵜飼は、本当に怒っていた。自分の躰を売った西沖に対して。そして、そんな西沖を止められなかった自分に対して。

「あんな中年に、先……越されるなんて……」

嫉妬心《しっとしん》を剝《む》き出しにされ、与えられる痛みがより深い快感を呼んだ。

「だったら……っ、……もっと……、……ぁ……、俺を……っ、……ぁあっ」

佐々木に触れられた自分を、汚れた自分を罰して欲しかった。佐々木以上にひどく扱われることで、すべてを消し去りたかったのかもしれない。

「俺を……好きに……、……してくだ……っ、もっと……ひどく……、……ぁ……っく」

途切れ途切れに気持ちを口にすると、鵜飼の動きが一瞬だけ止まった。

「本当に、いいのか……、そんなこと……しちまって」

確かめなくてもいいのにと思うが、それが鵜飼だ。温かいものを感じ、この男が欲しいと強く感じてその躰を引き寄せる。

「尽くして……くれ、るんでしょう……？」

そう呟《つぶや》くと、念を押すように言われる。

「あいつと、同じにするなよ」

それは、最後の一線を超えるという意思表示だった。躰だけではない。気持ちもあるのだと念を押してから行為を進める鵜飼に、心が熱くなる。こんなふうに感じるのは、二年にも及ぶ潜入捜査でささくれた心のせいでもあったが、それだけではないのもまた事実だった。

それは、知らぬ間に西沖の中に芽吹き、息づいている感情によるものだ。鵜飼の人間臭さに、いつの間にか惹《ひ》かれてしまっている。

「ちょっと待ってろ」

鵜飼はそう言い残し、いったんベッドを降りて洗面所へ向かった。乱暴に棚を漁《あさ》る音が聞こえてきて、髭剃《ひげそ》りあとにつける乳液を手に戻ってくる。待っている間はいたたまれない気持ちになるが、鵜飼がベルトを緩めて勢いよく全裸になるのを見て、そんな気持ちもなくなった。

無言でスラックスと下着を剝ぎ取られた瞬間、鵜飼が本気だと直感する。

容赦なく獲物に牙を立てる獣を感じた。乱暴な扱いを望んでいる西沖にとって、それは願ってもないことだ。右膝が胸板につく恰好《かっこう》で尻《しり》を浮かされると、乳液を塗った指で蕾《つぼみ》を探り当てられ、いきなり挿入される。

「――あう……っ、……っく！　う……っく」

苦痛に声をあげた。同時に悦びに見舞われ、鵜飼がより指を深く挿入できるよう、そして自分がはしたない恰好になるよう、身を任せる。

佐々木に見せた以上に、鵜飼に己の浅ましい部分を晒け出したかった。そして、それを見て欲しい。

そんな西沖の気持ちがわかったのか、鵜飼の愛撫は激しさを増した。

「ぁあ……っ、……あ、あっ」

指をさらに増やされ、中をぐちゃぐちゃに掻き回される。あまりの激しさに、西沖はこの行為に酔いしれずにはいられなかった。これほど被虐的な一面を持っていたのだろうかと、自分でも驚くほどに痛みに対する悦びは大きい。これまで味わったことのない衝撃に我を失った。

「あいつにも、こんな姿……見せたのか？」

嫉妬心を覗かされ、叱《しか》って欲しくなる。

「……見せ……ましたよ、……ぁ……っ、もっと……すごい……姿も……」

「——っく」

煽《あお》っているのがわかったのか、覆い被さるような恰好で表情を見られながらあてがわれる。弾力のある先端をねじ込まれ、掠れた声をあげた。躰を反り返らせたまま、天井を仰ぐように熱い吐息を漏らす。

早く欲しかった。

早く、鵜飼の猛《たけ》りを奥まで欲しい。

「ぁ……っく、……はぁ……、……あっ、——ぁああ……っ！」

引き裂かれた瞬間、味わわされたのは言葉にならない悦びだ。脳天まで突き抜けるような快楽に、気を失いそうになる。かろうじて意識はとどめるが、すでに理性など残っていない。雄々しくそそり勃ったものが、自分の中をいっぱいにする感覚を味わう。

「ぁあっ、……あぁ、……はぁ、……っく」

すぐに腰を前後に動かされ、躰を揺さぶられて目眩《めまい》を覚える。まるで容赦なんてなかった。観察するような熱い視線を注がれながら、鵜飼のリズミカルな抽挿に耐える姿をじっと眺められる。

相手が鵜飼であることが、より西沖を昂《たかぶ》らせていたのは言うまでもなかった。行きずりの誰かでもない。脂ぎった欲望を抱えた佐々木でもない。

潜入捜査官であることすらも明かしてみせた相手だ。どう思われてもいい相手に見られるのとは、まったく違う。信頼できると見込んだ鵜飼だからこそ、男として認められる相手だからこそ、自分が雌犬のような姿を晒すことに被虐的な悦びを刺激される。

「痛ぅ……っ、……ぅ……っく」

指を喰い込まされ、痛みを与えられて欲望はどんどん大きくなっていく。

「もっと……、も……っ、……ぁう……っ、——ぁあっ！」

求めると、繋がったまま俯《うつぶ》せの体勢に変えられた。自分の中で鵜飼の屹立《きつりつ》が回されるのを感じ、眉をひそめる。そして、尻を高々と上げさせられて組み敷かれる。

まさに、マウンティングだ。

さらに平手で尻を叩かれ、腰を打ちつけられた。

「あっ！」

まさか鵜飼がこんなことをするとは思っておらず、小さな驚きを抱き、それはすぐに愉悦へと変わっていく。

己の正義のままに悪党を追う所轄の刑事で、嫌がる西沖を飯に連れ回すデリカシーのなさを見せる鵜飼が、男相手に己を突き立て、尻を平手で打つのだ。

鵜飼という男を知った気になっていたが、こういうこともする男なのだと初めて知った。

自分の浅ましさ以上に、鵜飼の欲望に驚きを隠せない。

「ぁあっ、あ、……ひ……っ、……ぁあっ」

尻に腰を打ちつける肉体のぶつかり合う音を部屋に響かせながら時折平手でぶたれ、より深く墜ちていく。

「んぁ、あっ、あっ、あっ、あっ！」

もっと叩いて欲しかった。

自分の赤く腫《は》れた尻を見て欲しかった。

この感情はいったいなんなのだろうと思いながら、それがわからぬまま欲求だけが強くなっていく。そしてさらに、倒錯じみた行為はより濃密さを増す。

「んぁあっ！」

胸の突起をきつく摘まれた瞬間、西沖はより強く鵜飼を締めつけていた。言葉など使わずとも、どれほど感じているのか伝わったはずだ。それを証明するかのように、同じところを再び責められる。

「はぁっ、あ、……ひ……っ、……んぁあ」

突起の周りの柔らかい肉に爪を立てられ、ぞくぞくとした甘い戦慄《せんりつ》に身を震わせる。倒錯めいた悦びに濡《ぬ》れ、自分を見失っていた。だらしなく開いた唇の間から嬌声《きょうせい》を漏らし、瞳を潤ませる。

「……痛ぅ……っ、んぁあ……っ、……ぁあっ、はっ、……っ」

身を捩ってしまうのは、痛みから逃れたいからではなかった。もっと欲しいのだ。どっぷり浸かりすぎて、自分がどんな状態なのかもよくわからない。

「そんなにイイか？」

「あっ」

肩口に噛みつかれ、胸の突起をより強く摘まれ、びくんと躰が跳ねた。恥ずかしいほど尖《とが》っているのが、自分でもわかる。

「もっと……叩いて、くだ……さ……、……叩いて……っ」

はしたなく求める西沖に応《こた》えるように、ぴしゃりと尻を叩かれ、さらに首筋に噛みつきながら空いた手で突起を弄られた。

「はぁっ、あ、はぁっ、――はぁあっ！　あ、あ、あっ！」

獣が唸《うな》るような興奮した鵜飼の息遣いを聞かされながら、乱暴に奥を突かれる。

鵜飼そのものを感じられるような腰の動きに、狂わされていくのをどうすることもできなかった。

「ぁあっ、あ、……んぁっ！」

乱暴で情熱的な腰つきで奥を突かれ、西沖は狂おしい快感に身悶《みもだ》えた。自分を特に淡白だと思ったことはなかったが、これほどまでに深い欲望を抱えていたことに驚かされる。

「あ、あ、あっ！」

恥も外聞もかなぐり捨て、西沖はただ欲望に突き動かされるまま鵜飼との行為にのめり込んだ。

すでに外は明るく、カーテンの隙間《すきま》から注ぐ光は白白としていたが、二人を包む空気は、まだ濃密な夜の闇のそれだった。

西沖と鵜飼が欲望のままに互いを求めている頃、津川のマンションに来客があった。どこかヤクザのような風貌《ふうぼう》だが、そうではない。だが、上下関係の厳しい組織にいる人間だという点ではヤクザと同じだと言っていいかもしれない。

津川は、リビングのソファーでコーヒーを飲みながら男を迎えた。こんな朝っぱらから仕事の話をすることなど滅多にないが、例外はある。

それは、男の用件がいかに重要なのかを物語っていた。寝ている時間にわざわざ起きて客を迎えるなど、津川ほどの男ならなかなかしない。

「君もどうだ？　取り寄せておいたルアクコーヒーだ」

「いえ。俺は結構です」

「麝香猫《じゃこう》とはいえ、獣の尻から出てきた豆は飲めないか」

「そんなコーヒー豆があるんですか」

「最高級品だよ」

津川はまず香りを楽しみ、それから口をつけた。座るよう促すと男は黙って従い、カバンの中からＡ４サイズの茶封筒を取り出してテーブルに置く。何も書かれていないが、それが逆に意味深でもあった。

その中に入っている情報が、どれほど重要なのか想像できる。

「以前、お話していたものの情報です。ようやく手に入れました」

「そちらから話を持ってきたにしては、えらく時間がかかったな」

「この情報に金を出してくれるかどうか、まずは意思確認をする必要があったんでね。そうでないと、みすみす手は出せない。こっちも人生かかってるんですよ。それに、始めはなかなか取り合ってもらえなかった」

少しばかり恨めしげな口調に、津川は思わず口許《くちもと》を緩めた。

そう言われるのも仕方がない。

普段、信頼のおける情報源しか使わない津川は、この男からの最初の接触には応じなかった。一度は追い返している。

「半分は諦めていたところだったんですよ。いったい、どういう風の吹き回しですか？」

「気まぐれだよ」

言いながら手を伸ばしたが、封筒は再び男の手に戻された。

「約束のものを先に頂けますか？」

「そうだな。まず、君の努力に報いなければな」

津川は立ち上がると隣室へと入っていき、金庫を開けた。中にはすぐに動かせるよう常に五千万の現金とラージバーと呼ばれる金の板が五枚。あとは証券の類《たぐ》いが少しばかり入っている。

津川はその中から現金を取り出し、トレーの上に載せてリビングに戻った。札束を見た男の目の色がわずかに変わる。

もしれない。


「約束の金だ」

テーブルに置かれたトレーには、百万の束が十束。人生を棒に振るには安すぎるが、上手くやればいい小遣いにはなる。冒した危険に見合う金額かどうかは、本人の価値観によるのかもしれない。


「確かに、頂きます」

男は金を持ってきたバッグの中に突っ込んだ。報酬を受け取ってようやく落ち着いたらしく、先ほど見せた茶封筒を再び取り出す。


「どうぞ。中を確認してください」

金と引き替えに書類を受け取った津川は、封筒の中からそれを取り出した。量はそう多くはないが、本物ならその重要度は高い。

有本から、第二秘書の岸田が裏切っているかもしれないという情報を得てから数ヶ月。内部告発の準備を進めていた岸田を始末したはいいが、津川はこれで終わるとは思っていなかった。勘のようなものだ。

その予想を肯定するかのように、突然この男が接触してきたのである。

男は津川に有益な情報があると言い、取引するつもりがあるなら一千万を用意するよう求めてきた。素性のわからない男の話にホイホイ乗るような津川ではなく、最初は門前払いだった。

普段なら取り合わない相手に自分から接触を試みたのは、信頼に値する男だと思っていた相手に、疑いを持ってしまったからだった。

いや、少し違う。

津川はもともと疑い深く、自分の盾になってくれるような部下にすら本当に心を許したことはなかった。本当は、誰のことも信頼していない。

だからこそ、希《まれ》に見る優秀さで役に立ってきた男をどこかで警戒していたのかもしれない。

「これほどの情報をどうやって手に入れたんだ？」

「情報を扱ってるのは人間です。穴はありますよ」

「確かにな」

津川は口許を軽く緩め、封筒の中から書類を取り出した。ゆっくりとめくり、中を確認していく。

しばらく無言でそれを見ていたが、資料をめくる手が止まった。

「この情報は、確かなものなんだろうな」

「もちろんです。あなたに目をつけられていいことなんか、何一つありません。確かなものですよ」

「そうか。君は思ったよりいい仕事をしてくれたらしい」

「喜んで貰えてよかった。またあなたに有益な情報があれば、持ってきますよ。俺のことは上手く使ったほうがいいです。変な気は起こさないで、便利に使うべきです」

「そのようだ」

津川は軽く嗤い、取引を終了させて男を帰らせた。一人になると、携帯電話を使ってあるところへ電話を入れる。

「ああ、俺だ。朝から悪いな。この前の侵入者の件だが……」

この時間に、部下を叩き起こした理由はあった。確認したいことがあったからだ。

ホテルに侵入した男のことがずっと気になっていた。カメラは回収したが、指紋は検出されなかった。拭《ふ》き取られていたのだ。

ゴシップ記事を書くしか能力のない人間がそんなことを思いつくだろうかと、ずっと気になっていた。

「あの日は、社員用通路の出入り口の防犯カメラで整備中だった物があったと言ったな。それは確かか？」

答えを聞くと、唇を歪《ゆが》めて嗤い、電話を切る。

すべての防犯カメラを何度も確認させたが、妙な行動を取っているところが映っているなんて報告はなかった。だが、カメラの位置を把握していれば、疑われる痕跡を残さず外に出ることは可能だ。逆を言えば、痕跡がないことが内部をよく知る人間が関わっている証拠だとも言える。

カーテンを開けると、すでに朝日が昇り始めていた。朝靄《あさもや》の立ち籠める街を見下ろし、目を細める。

夜の間は宝石のような夜景が見られるが、人工的な光が消えるこの時間、眼下に広がるのは街の素顔だ。きらびやかな夜景はこの街の顔ではあるが、明かりの消えたこの時間に見るのも悪くはない。

これらを手に入れるのに、随分と汚い真似をした。金を使い、人脈を使ってカジノ特区法案を国会に提出、通過させ、日本でのカジノ経営を実現させた。さらに、特区内での営業許可を優先的に得るために使った労力は、それ以上になる。

苦労して手に入れたものを、失うわけにはいかない。

「してやられるところだったよ」

津川は、限られた人間しか見られない景色を目に焼きつけていた。そうすることで、どんな手を使っても手に入れた地位を守るという決意をする。

「だが、わたしはここで終わるわけにはいかない」

これまで、何事も慎重にコトを運んできたつもりだった。自分の失脚に繋がるものには、常に気を配ってきた。けれどもこの情報を得られたのは偶然に近く、運がよかったとしか言いようがない。

金目当てで接触してきたチンピラのような男の手によりもたらされたこの情報を、自分が何一つ把握していなかったことが、津川にはたまらない屈辱だった。自分を滅ぼす可能性のある爆弾をそうとは知らず、二年もの間、ずっと抱えていたのだ。あまつさえ、目をかけてかわいがってすらいた。

たまたま得られた情報に命を救われるなんて、ビジネスプランを着実に実行させることで成功を収めてきた津川のプライドが許さなかった。

その屈辱は、言葉にできないほどのものだ。はらわたが煮えくり返る。

だが、面白い。

津川は、唇を歪めた。

プライドを傷つけられたぶん、借りは何倍にもして返さなければならない。コケにされたままでいると、いずれ自分の地位を脅かすことになりかねないのだ。

舐められることが、負け犬への第一歩だと言ってもいい。

津川の頭の中では、ある画策が始まっていた。

「もう二度とこんな失敗はしない」

そう呟くと、津川はサディスティックな笑みを漏らした。

佐々木の部屋に盗聴器を仕掛けてから、十日が過ぎた。

相変わらずカジノは盛況で、西沖のテーブルにはいつも客が群がっていた。入れ替わり立ち替わりコインを手にした客たちがやってきて、ゲームに興じる。

佐々木はあれから何度かカジノへやってきて、西沖を誘った。もともと頻繁に足を運んでいたわけではないが、朝まで散々弄《もてあそ》んで味を占めたのかもしれない。マンションには盗聴器を仕掛けているため、そこで行為に及ぶことだけは避けたかった西沖は、一度だけ有名ホテルのプレミアムスイートを押さえておくようねだった。

おかげで西沖は車をねだるチャンスを得、そして三度目のセックスに誘われた。

鵜飼には、佐々木からの二度目の誘いに乗ったことはもちろん言ってない。おそらく、気づかれていないだろう。しかし、まるで浮気しているような後ろめたい気持ちはどうすることもできなかった。

鵜飼のことだ。関係を続ければいずればれるだろうとわかっているが、佐々木の誘いになぜ乗ったのか怪しまれないためにも、そのうち三度目のデートにも応じなければならない。

それを断ることができるのは、黒幕が誰なのか突き止め、西沖が撤退する時だ。

だが、佐々木の部屋に仕掛けた盗聴器から資金洗浄に関するなんらかの情報を得たという連絡はまだなかった。

ただ、待つ日々が続く。

「それでは、引き続きゲームをお楽しみください」

その日。夕方からテーブルについていた西沖は、休憩の時間になって代わりのディーラーが来ると、テーブルを明け渡してホールをあとにした。本来ならタバコを吸いに行くところだが、今日は津川に呼ばれているため、オーナールームへと向かった。

「失礼します」

「西沖か。まぁ、入れ」

デスクで仕事をしていた津川は、西沖が部屋に入ってくると書類を閉じて椅子《いす》の背もたれに躰を預けた。机の傍にあるシガーケースに手を伸ばし、中から葉巻を取り出す。

新しいそれは両側のどちらにも吸い口はなく、津川は専用のカッターで先端を切ってから火をつけた。

途端に、紙巻きタバコとは違う濃厚な香りが広がる。

「例の件だが、何か摑めたか？」

そろそろ来るだろうと思っていたため、落ち着いた態度で、あらかじめ鵜飼と打ち合わせして作ったシナリオどおりに話を始める。

「はい。鵜飼がなぜうちに目をつけたのか、探りました。他殺の可能性も含めて捜査が行われていたはずなんですが、どうやら捜査は途中で打ち切られたようなんです。あの男に言わせると、疑問の残る形での打ち切りだったということです」

「疑問の残る形？」

「はい。上から圧力がかかったと感じたようです」

もちろん、それは津川も承知しているだろう。おそらく、岸田の死について捜査に圧力をかけさせたのは、資金洗浄に手を出している人物の命令によるものだ。警察に圧力をかけ、捜査を強制的に終わらせた。

鵜飼がどこまで真実に近づいているのか、津川も知りたいはずだ。

もし、上の命令に楯突《たてつ》く人間が殺害の証拠を手にし、マスコミなどを使って世の中に公表すれば、無傷ではいられないだろう。警察をも動かすほどの力を持つ人間を味方につけた津川が恐れるのは、権力に屈しない相手だ。

つまり、鵜飼のような男に周りをうろつかれるのが一番面倒だということになる。

「根拠はそれだけか？」

「いえ、それはよくわかりません。所轄の刑事は捜査一課の使いっ走りだったはずですが、鵜飼という刑事はあの事件を他殺だと信じているようです。刑事はいろいろと情報源を持ってるらしくて、もしかしたらうちの従業員の中にも情報を漏らしている人間がいるかもしれません」

「うちの人間がか？」

「はい。そんなことを仄《ほの》めかされました。多分、俺の協力も欲しいから反応を見たんだと思います。もしそれが本当なら、うちの評判を落とそうとしている人間がいるという可能性も大きくなってきます。中から崩そうとしているのかも」

それは、まったくのでたらめだった。

存在しない人間を捜したところで、見つからない。だからこそ、このホテルの中に裏切り者の存在がいることを仄めかしたのだ。この件に関して、津川は西沖だけに任せてはいないだろう。別の人間にも、鵜飼を調べさせているはずだ。

もう一人別の人間の存在を仄めかすことで、鵜飼にできるだけ危険が及ばないようにしたのだ。存在しない誰かを捜している間は、鵜飼に対しても動きが取りづらい。

「さすがにネタ元が誰なのか聞き出せませんでしたが、もう少し時間を貰えれば、探ることはできるかもしれません」

「わかった。進展があったら報告しろ」

「はい。それでは、俺はこれで」

頭を下げ、仕事に戻ろうとしたが、ドアのところまで来て呼び止められる。

「ああ、悪いが、そのファイルを取ってくれないか?」

振り返ると、応接セットのソファーの上に事務用ファイルが置いてあるのに気づいた。戻り、それを手に取るが、中からバラバラと書類が落ちる。

「申し訳ありません」

西沖は、すぐに散らばったものを拾い始めた。プリンターで打ち出された報告書の他に、白紙の便箋《びんせん》と封筒。その中に、一つだけ書きかけのものがあった。

宛名を見て、目を瞠《みは》る。

「どうした？」

「あ、いえ。すみません。どうぞ」

平静を装いながらそれらをファイルの中に戻して津川のデスクに置くが、心臓の音はいつもより速く鳴っている。

確かに、宛名のところに『自由民生党本部』と書かれてあった。間違いない。

「西沖。何か見たか？」

津川の鋭い視線に捉えられた。心の奥を覗き込もうとするような目だ。一瞬、この男の前では嘘なんかつけないと思ってしまいそうになる。

だが、そんなことはない。潜入のノウハウを学び、訓練を重ねてきたのだ。必ず欺けると自分に暗示をかけ、落ち着いた態度で津川の言葉を待つ。

「何も」

「そうか。それならいい」

「あの……」

「なぁ、西沖。お前、どこまで俺についてこられる?」

心臓が小さく跳ねた。

それは、手を汚しても構わないかと聞いているのだろうか——津川の表情から、真意を図る。

上手く行けば、もっと深いところに飛び込めるかもしれない。

佐々木の部屋に盗聴器を仕掛けたが、一番いいのは、津川が裏の仕事でも西沖を使ってくれることだ。そうすれば、ダイレクトに情報を拾うことができる。

けれども、まだ雇い入れてわずか二年の西沖にそこまで自分の手のうちを見せるとも思えなかった。津川が用心深い人間だということは、捜査の過程で痛いほど思い知らされた。

もし、ここで仲間に引き入れようとする態度を見せるようなら、失敗の可能性も考えるべきかもしれない。

つまり、西沖を疑っているからこそ、餌《えさ》を撒《ま》いているとも言える。あの宛名の封筒を見せたのも、意図的だという可能性もあるのだ。

どちらだ。

西沖は、津川の表情からそれを読み取ろうとした。

自分に有利に進んでいるのか、それとも危険が迫っているのか。

「報酬次第です。見返り次第では、どこまでもついていきます」

「そうか。やっぱりお前は気持ちいいな。もう下がっていいぞ。またあの刑事から何か聞き出せたら、報告してくれ」

「はい」

西沖は、頭を下げてからオーナールームを出ていった。

まだ、ばれていないはずだ。

廊下を歩きながら、自分に言い聞かせる。それは、希望でもあった。

もし自分の身元がばれた恐れが出てきて身の危険を感じたら、仕事を放り出して構わないとされている。けれども、それは建前だ。この仕事につき、命を削って仕事をしている捜査官のほとんどは、ギリギリまで身を引いたりしない。西沖にも、その覚悟がある。

「あ、お疲れ。休憩か？」

「お疲れ様です。あと五分で戻りますんで」

西沖はすぐに仕事に戻らず、一度ロッカールームにタバコを取りに行き、従業員専用の通路を使ってホテルの裏口に出てからそれに火をつけた。

雨が降ったばかりなのか、アスファルトは黒々と濡《ぬ》れていて、湿った空気が躰にまとわりつく。今日は一段と残暑が厳しく、外にいると次第に背中が汗ばんでくるが、それはなぜか鵜飼との行為を西沖に思い出させた。

あの夜のことは、ふとした時に蘇り、素の自分に戻ってしまう。

(馬鹿。思い出すな)

自分を戒めるが、そうするほどに記憶は鮮明になっていく。

なぜ、鵜飼と寝てしまったのかよくわからなかった。自分の躰に染みついた佐々木の臭いを消し去りたかったのは事実だ。だが、単にそれだけなのか——。

好きなのかと自問し、馬鹿馬鹿しいと一蹴《いっしゅう》しようとするが、口許に浮かべた笑みはすぐに消えてしまう。

味覚障害の西沖を美味しい食べ物を提供する店に連れて行くなど、デリカシーがなさそうでサディストかと文句を言いたくなる時もあったが、あれもまた優しさなのだと今ならわかる。西沖にとって、その記憶は思い出すと思わず笑みを漏らしたくなるものだからだ。

常に神経を張りつめさせている日常の中で、鵜飼との交流は、そこだけがほんのりと温かく、まるで日だまりのようだ。

そして、あの夜見せられた刑事という立場を捨てた鵜飼の素顔——。

『待ってる間……俺が、……どんな、気持ちだったか、わかるか？』

怒ったような声は、今でも鮮明に耳に残っている。

誰かと寝てきたからと言って、責められる謂《い》われはない。だが、責められることに、酩酊《めいてい》していたのも事実だ。なぜなら、鵜飼が見せた嫉妬という感情だったからだ。

『あんたが、なんのために……車に乗ってるかくらい、……想像できた』

まるで鵜飼の気持ちを確認するかのように、その言葉を心の奥で反芻《はんすう》する。

『何時間も、あそこで……、違ってくれと思いながら、待ってたんだよ……っ』

信じられなかった。

西沖が佐々木のマンションに行き、媚びを売っている間も、そしてベッドで屈辱を受けている間も、鵜飼は悶々と西沖の帰りを待っていたのだ。西沖が佐々木に抱かれていないことを願いながら、ずっと待っていた。

それは、鵜飼にとってどんな時間だっただろう。

繋がろうとする直前にも、佐々木と同じにするなと念を押された。

「いつまで浸ってるんだ……」

嗤い、鵜飼のことを頭から追いやろうとするが、そうすればするほど記憶は鮮明になる。鵜飼の口から聞かされた、佐々木の車から引きずり下ろすべきだったという後悔の念や、誰にも触らせたくなかったという鵜飼の独占欲を思い出して、心が熱くなった。

それなのに、西沖はまた佐々木の誘いに応じた。焦らしてはいるが、怪しまれないためなら何度だって躰を差し出す覚悟だ。

捜査のために一般人の岸田を巻き込んでしまったことが、西沖の中の超えてはならない一線を消してしまっているのかもしれない。黒幕を炙り出すために岸田を巻き込み、死なせてしまったことが、タブーをなくした。

だからこそ、そんな自分を止めてくれる唯一の相手になり得る鵜飼を裏切っているという気持ちが強くなっているからだろうか。尻を叩かれながら突き上げられた時の記憶を鮮明に蘇らせてしまうのは、あんなふうに折檻《せっかん》されるようなことをしているという思いがあるのかもしれない。

このところますます自分がわからなくなってきて、前髪を掻き上げながら深いため息をつく。

(しっかりしろ)

西沖はそう自分に言い聞かせ、胸に刻んだ。

# 5

「お前の盗聴器が役に立った」

国東《くにさき》からその報告を聞いたのは、十月も目前のことだった。

店内に客はまばらで、西沖《にしおき》のいるテーブル席の周りには国東以外誰もいない。制服を着たウエイトレスが、コーヒーのお代わりを持ってテーブルに近づいてきた。半分だけもらい、ブラックで飲む。

背中合わせに座っている国東が、和風定食とビールを注文する声が聞こえた。相変わらず、ただの独身サラリーマンそのものだ。

「何か情報が拾えたんですか？」

「ああ。黒幕が出てくるぞ」

その言葉に、全身に緊張が走った。

長年積み重ねてきた苦労が、ようやく報われるのかもしれない。躰《からだ》を使ってまで仕掛けた盗聴器が、ようやく重要な情報を拾ってくれたのだ。苦労が実を結んだ。岸田《きしだ》の仇を討つ日は、そう遠くないのかもしれない。

「黒幕を匂《にお》わす会話が拾えたんだよ。津川《つがわ》を含めた『日本カジノ協会』の幹部が、料亭で会うらしい。その時に、大物が来るようなことを仄《ほの》めかした」

「名前は？」

「さすがに、そこまではわからなかった。ただ、自由民生党の勝野《かつの》ですら気を遣う相手だそうだ。しかも、警察に圧力をかけられる相手らしい。これはもう、間違いないな」

西沖は、高揚感に見舞われた。『日本カジノ協会』の会長と与党幹事長の蜜月《みつげつ》ぶりは以前より噂《うわさ》されていたが、津川を含めた幹部数名との極秘の会食なんて、いやでも期待してしまう。

いったい、どんな化け物が出てくるのか――。

「よくやったな。黒幕がわかれば、あとはこっちのもんだ。一気に捜査は進展する。偽の逮捕状を持ってお前を迎えにいける日も近い」

国東の言葉を胸に焼きつけるように、西沖はきつく目を閉じてゆっくりと呼吸をした。まだ油断はできないが、希望が見える。ずっとこの日を待っていた。

出口の見えないトンネルの先に、小さな光を見た気分だ。それが見られることを信じて、ずっと歩いていた。

駆け出して一気に外に向かいたいが、ここで躓《つまず》くわけにはいかない。足下には、まだ何が転がっているかわからないのだ。それはいとも簡単に靴底を突き破り、前に進もうとする足を止めてしまう。先が見えたからこそ、気を引き締めてより慎重に仕事に向き合うべきだ。

「勝負は十七日の夜だ。十七日に料亭で行われる秘密の会合で、黒幕がわかる」

「十七日ですか」

「ああ。こっちは任せろ」

「頼みます」

「お前も気を抜くなよ。ちゃんと戻ってこい。わかったな」

それは、どういう意味だろうか。

長い潜入により犯罪者側に同調するのはよくあることだが、その可能性を気にしているのか、それとも無事に捜査を終えられるよう気をつけろと言っているのか。

話が終わると、西沖は先に店を出て大通りでタクシーを捜したがなかなか見つからず、しばらく歩くことにする。

生温い夜風を頬《ほお》に浴びながら、国東に聞いたことを静かに心の中で噛《か》み締めた。

十七日に、捜査は大きく動く。

長かった二年。特に、岸田の死のあとは、苦しかった。本当に岸田の仇を取ることができるのかと思ったこともある。けれども、希望が見えてきた。

五分ほどして、ようやく空車のタクシーが見つかり、西沖は手を挙げてそれを止めた。後部座席に乗り込むと、ドアが閉まる直前に押し入るように男が乗り込んでくる。

「よぉ。飯喰いに行くぞ」

鵜飼《うがい》だった。

「尾《つ》けてたんですか」

ベッドをともにして以来、店の外で会うのは初めてだ。心の準備をしていなかったため、どんな顔をして話せばいいのかわからない。無言のままでいると、鵜飼は運転手に勝手に行き先を告げる。

「どこに行くんですか?」

「中華だ。土鍋《どなべ》で出てくる麻婆豆腐《マーボードウフ》が旨《うま》いんだ。かなり辛いけどな」

どうせ味なんてしないため何を食べようが構わないが、鵜飼はなぜ味を感じない自分を食事に連れ回すのだろうかと思う。

タクシーは十分ほど走って路地の入り口で停車した。狭い道を挟んで、居酒屋などが建ち並んでいる。どの店の暖簾《のれん》も年季が入っているが、その中で一番汚れている店が目的の場所らしい。タクシーを降りた鵜飼は、西沖がついてくるのを確認してから中へと入る。

「イラッシャイマセー」

独特のイントネーションで迎えられ、空いているテーブルについた鵜飼はいつものごとく勝手に注文をした。周りのテーブルを見ると、作業着姿の男性や学生らしい若者が、旺盛な食欲を発揮している。

餃子《ギョウザ》。チャーハン。麻婆豆腐。レバニラ炒め。鶏の唐揚げ。大盛りの野菜サラダ。

備えつけのテレビから聞こえてくる野球中継は、大衆食堂でよく見る光景だ。

厨房《ちゅうぼう》から中華鍋を鉄のおたまで叩《たた》くような音が聞こえてきて、香ばしい香りが漂ってくる。

「オ待タセシマシター」

テーブルに並んだのは、餃子と麻婆豆腐と鶏の香味揚げだ。

鵜飼と会う時は、いつも何か食べている気がする。生命力を感じさせる男は、食に関してうるさいらしく、連れて行かれる店はどこもたくさんの客で賑《にぎ》わっている。

「ほら、喰えよ。ここの中華は最高だぞ。特に麻婆豆腐は絶品だ」

土鍋に入った真っ赤な麻婆豆腐はぐつぐつと煮立っていて、かなり熱そうだった。しかも、花椒《ホワジャオ》もたっぷりとかかっている。

西沖はれんげを手に取り、それを口に運んだ。

「どうだ?」

「ええ、美味しいです」

「嘘《うそ》つけ」

「わかってるんだったら、聞かないでくださいよ」

そうは言ったものの、まるででたらめでもなかった。味はしないが、一緒に食べている鵜飼が旨そうに食べていると、そんな気がしてくるのだ。

呆《あき》れるほど旨そうに、鵜飼はものを食べる。育ち盛りの中高生並みの食欲だ。豪快に白飯を口に放り込み、真っ赤な麻婆豆腐に息を吹きかけてから大口を開ける。

また、失った味覚が恋しくなった。

捜査のために心を殺してきたが、このところ人間らしい感情が抑えきれなくなっている気がする。明らかに、それは鵜飼と接しているからこそだ。

どうしていいのかわからない。

「どうした？」

「いえ……」

「こんだけ辛くても、やっぱ味しねぇんだな」

「すみませんね」

「戻るといいな」

何気ない言葉だが、その言葉はなぜか西沖の心に深く突き刺さった。今優先すべきは黒幕の正体を突き止めることだ。味覚なんて、自分のことなんてどうでもいいのに、そんなふうに言われると、そう望んでしまう。

「平気か？」

「何がです」

「躰だよ」

西沖は、れんげを運ぶ手を止めた。

何事もなかったかのように振る舞っていたくせに、なぜこのタイミングで言うのか――。

もしかしたら、鵜飼も切り出すタイミングがわからず困っていたのかもしれない。そう思うと、この男も人並みに動揺したり戸惑ったりすることがあるのだと、当たり前のことに感動にも似た驚きを感じる。

「大丈夫ですよ」

「あんたが寝てる間に帰ったのは、仕事で呼び出されたからだ」

「そんなこと聞いてないです」

「メモの一枚でも残しときゃよかった。事件が続いて連絡もできなかった」

「別にいいですよ、そんなこと」

「いいわけあるか」

「別に……忘れたって」

「忘れるか。死んでも忘れねぇぞ」

あの夜のことはなかったことにしていいと言おうとしているのに、畳みかけるように言われ、どう返していいかわからなくなった。そしてさらに、とんでもないことを言われる。

「また尻《しり》を叩いて欲しいか？」

「え？」

「俺が知らねぇと思ってんだろう」

はっきり言葉にされずとも、それが何を意味しているかなんてすぐにわかった。

佐々木の誘いに何度も応じれば、いずればれるだろうとは思っていたが、すでに見抜かれていたとは想定外だ。さすがに言葉が見つからず、れんげを持ったまま固まる。

「顔見りゃわかるんだよ」

苛《いら》ついた口調に、浮気を見つかったような気分になっていた。気まずくて、どう答えていいのかわからない。

「どうして自分を大事にしねぇんだ。……ったく」

それは、西沖に対して放たれた言葉ではなく、言うことを聞かない相手に困り果てた男の呟《つぶや》きだった。何を言っても無駄だとわかっていながらも、それを黙って受け入れることもできない。

自分の行動が、鵜飼のような男をこんなふうに困らせているのが妙な感じではあった。

「でも、もう奴のところに行く必要はないかもしれません」

「はっ、今頃改心したっていうのか？」

「違います。黒幕がわかるかもしれないんですよ」

今度は、鵜飼が手を止める番だった。

「本当か？」

「ええ」

「俺にそんなことまで言っちまっていいのか？」

いいわけがなかった。上司に知られたら、何をしているんだと咎《とが》められるだろう。だが、鵜飼は知るべきだ。圧力がかかってもなお、一人真相を追い続ける鵜飼には知る権利がある。

「俺は、あなただから自分の正体を明かしたんですよ」

自分が何を言いたいのかわかっただろうかと思いながら、鵜飼と目を合わせた。そして、もう一度念を押すように言う。

「鵜飼さんだから、自分の身元を明かして、極秘にすべき情報も伝えてるんです」

真剣な眼差《まなざ》しに、その言葉が意味する事実の重さを痛感したようだ。望むところだとばかりに満足げな表情をしてみせた。肝に銘じてくれただろう。

「なぁ」

「なんです？」

「俺と約束しろ」

「え？」

「死なないって約束しろ。俺も約束した。だから、あんたも死なないと約束してくれ」

突然何を言い出すのかと思い、動揺するあまりはっきりした答えを回避してしまう。

「どうしたんです、急に」

「あんたは、忽然《こつぜん》と姿を消しそうだからな。念押しだよ」

あながち外れてはいなかった。

西沖の任務が終了すれば、偽の逮捕状を持った捜査官が西沖を迎えに来ることになっている。

そうしてまた一定期間を置き、時がくればまた潜入捜査をすることになるだろう。

捜査が終わったあとどうなるかなんて、わからない。

「味覚障害が治ったあんたと、飯喰いたいしな」

この捜査がいつ終わるのかも、味覚障害が治るかどうかもわからないのに、そんな話をするなんて脳天気だとも取れるが、鵜飼に言われると軽い言葉には聞こえなかった。

いつか、この男と味のする食事ができたらと、望みを抱いてしまう。

それは、人間らしい感情だ。潜入捜査官として現場での職務についてから、特に岸田が死んでからは、生きる楽しみを求めてこなかった西沖が久々に抱いた感情と言っていい。

許されるのなら、再び生きたいという気持ちになっているかもしれない。死人のように生きるのではなく、苦しみだけではなく、人としての楽しみも味わう生活を取り戻すのだ。

「約束、します。死なないって、約束しますよ」

自分の口から出た言葉に、西沖自身驚いていた。

なぜ、約束なんかしたのか。

生に対して前向きになれたのなんて、久しぶりだ。

「黒幕が誰なのかわかったら、俺の知ってるインドカレーの店に行きましょう。昔よく通ってたんです。タンドリーの食べ放題まであって……まだあるといいんですけど」

「そりゃ楽しみだ」

軽く笑う鵜飼を見て、西沖はいつの間にか自分の中に大きな変化が起きていたことに気づいた。

生きたい。

岸田の仇を討つことができたら、ちゃんと生きたい。

それは、紛れもない西沖の本音だった。

岸田を巻き込んだ自分がそんな願いを抱いていいのかわからなかったが、この感情は止められそうにない。


十七日がやってきた。

その日は、さすがに朝から落ち着かなかった。西沖はいつも通り仕事に向かうことになっていたが、仲間たちは黒幕が姿を現すという料亭を張り込んでいる。そこに来るのがいったい誰なのか、あと数時間後にはわかるのかと思うと平常心を保つのが難しかった。

費やした年月と殺された岸田の仇だという思いが、訓練を積んだ西沖の心をも揺らしてしまう。

部屋にいると一人そわそわしてしまいそうで、西沖は早めにマンションを出た。一駅前で電車を降りて歩き、テーブルにつく三十分前にロッカールームに入る。

西沖は腕時計で時間を確認した。今日は何度この腕時計を目にしただろうか。

「お疲れ様。西沖はいるか？」

「はい」

「オーナーがお呼びだ。仕事に入る前に来て欲しいそうだ」

「今から行きます」

西沖は、ロッカーに鍵《かぎ》をかけるとオーナールームへと向かった。津川はこれから例の会合に顔を出す予定のはずだ。まだホテルにいたのかと、会合の中止という可能性が脳裏をよぎる。

オーナールームのドアをノックすると、返事を待ってから中に入った。

「失礼します」

津川は出かける準備をしていた。デスクの上に書類はなく、ハンガーに掛けていたスーツの上着を羽織って襟を整えている。

これから料亭へ向かうところだったのかもしれない。

「急で悪いが、今日はちょっと特別な仕事をしてもらいたい」

「はい。どんな仕事でしょうか」

「接待だ。新しいホテルの建設に関わる大事なお客様がいらっしゃる。うちなりのもてなしをしたいんでね、お前のその腕が必要だ」

「VIPルームはすでに予定が入っていたと思うのですが。確か別のスタッフがテーブルに着くと聞いてます。交代ということでしょうか？」

「いや、それとは別だ。外での接待になる」

それは、今日行われる予定の会合への参加を意味していた。国東たちが張り込んでいる料亭で行われるはずだが、料亭でカードゲームをするとは考えにくい。

場所の変更があったのかもしれない。

「はい、わかりました。出る準備をします」

「もう時間がないんだ。制服は向こうに用意している。そのまま車に乗ってくれ。行くぞ」

「すぐにですか？」

「ああ。車はもう待たせてある」

西沖は、言われるまま津川についていった。エレベーターに乗り込み、地下駐車場へと向かう。

国東たちになんとかコンタクトを取りたかったが、津川と一緒に車に乗り込まなければならなかったため、チャンスはなかった。だが、このまま津川についていけば、これから会う人間が誰なのかわかるのだ。

ホテル建設に関わる接待ということは、国東たちが言っていた黒幕を匂わす会話の人物である可能性が高い。資金洗浄に関する具体的な会話を聞くことができなくても、相手が誰なのか突き止めるだけでも、これからの捜査に大きく影響してくる。

『あんたは、忽然と姿を消しそうだからな。念押しだよ』

ふいに、鵜飼に言われた言葉を思い出した。これから会う相手が誰であっても、すぐに任務終了ということにはならないが、捜査が一気に進展すれば撤退する可能性も出てくる。

そうなれば、鵜飼とももう終わりだ。

（だから、どうだっていうんだ……）

まるで終わりにしたくないというような自分の気持ちに歯止めをかけ、それ以上あの男のことを考えまいと頭の中から追いやった。それでも再び鵜飼のことが頭の中に浮かんできて、心乱されてしまう。

そんな自分と闘いながらしばらく座っていたが、西沖はふとあることに気づいた。

運転手の男が、初めて見る顔だったのだ。これまで一度も、運転席に座っているところを見たことがない。

妙だ。

何かが違う。

そう思うが、たまたま新しく雇った男だという可能性も捨てられず、そのまま座っているしかなかった。ここで妙な態度を取れば、チャンスを自ら捨てることになりかねない。それがどんなに小さな可能性でも、黒幕を突き止められる希望が残っているうちは、身を引くわけにはいかなかった。

途中、一度だけ携帯に着信が入ったが、今は邪魔をされるわけにはいかないと無視する。

「大事な接待だ。電源は切っておけ」

「はい。そうします」

車はさらに一時間ほど走り、車は人気《ひとけ》のない山中へと入っていった。こんな山奥に接待に使えるような店があるとは思えない。それでも、この賭《か》けから降りるつもりはなかった。

津川が黒幕のいる場所に連れていってくれるかどうかの賭けだ。負ければ、おそらく死が待っているだろう。

西沖の心を読んだかのように、それまで黙っていた津川がふいに口を開く。

「なぁ、西沖。お前は本当にすごい男だ」

ゆっくりとした口調はどこか愉しげで、西沖は背中に冷たいものが走るのを感じた。津川は、眉一つ動かさず人が死んでいくのを見ることができる男だ。

「この俺を欺くなんて、たいした男だよ」

その言葉が合図であるかのように車が停まり、ドアが開く。外に立っていた男に銃を向けられ、覚悟した。ワルサーＰＰＫ。小型の銃だが、この距離で撃たれれば致命傷を負う。

賭けは、西沖の負けだ。

「銃を見ても、驚かないいんだな」

「いえ、驚いてますよ。あなたがそんな物騒なものを部下に持たせるなんて」

「できれば、飛び道具なんか使いたくない。後の処理が厄介になるんでね。さぁ、降りてもらおうか」

西沖は、黙って車を降りた。頭の後ろで手を組むよう命令され、歩かされる。暗い山道を十分ほど歩いて少し開けた場所まで来ると、地面に俯《うつぶ》せになるよう言われた。

逃げるチャンスを窺《うかが》うが、人気のない山の中だ。命令通り動くしかなく、黙って従った。

「……っぐ」

二人がかりで肩を押さえられ、口に錠剤のようなものを放り込まれる。顎《あご》を摑《つか》まれて上を向かされた瞬間、錠剤は喉《のど》を通って胃の中へと入った。

「……く……っ、……なんだ、……これは……」

地面に俯せたままの状態で振り返るが、飲まされた薬のせいか、目が霞《かす》んで周りがよく見えない。躰が急に重くなるが、不快な重さではない。心地よさすらある。

「毒じゃあない。ダウナー系の脱法ドラッグだよ」

津川は、車の横に立ったまま勝ち誇ったように言った。

「お前が潜入捜査官だったなんてな」

やはり、身元がばれていたのかと、無言で津川を睨《にら》んだ。その存在すら知られていないのに、津川がなぜ自分の正体を知っているのか——。

考えるが、頭がはっきりせずに思考が定まらない。

「有本《ありもと》議員の第二秘書が内部告発の準備を進めていると聞いた時から、嫌な予感はしていたんだよ。これだけのはずがないとな。協力者の存在も疑った。岸田は口が堅かったよ。秘書にしておくには惜しい男だった。だが、わたしにはまだ悪運というやつがついていた」

津川の言葉は、西沖の正体を知ることができたのが、ただの偶然だということを示唆していた。どんなに身辺に注意しても、運命というやつは気まぐれに悪戯《いたずら》を仕掛けてくる。

今、西沖が陥っている窮地は、まさに偶然が呼び寄せたものだった。

「どの組織にも一人や二人、腐った人間がいるもんだよ。自分が手に入れられる情報を、なんとか金に換えようとする人間がね。嬉《うれ》しい誤算だ。おかげで命拾いした」

「捜査官リストを……手に、入れたのか……」

「ああ。安い買い物ではなかったがね、払ったぶんの価値はあった。しかし、盗聴器を仕掛けるために躰を売るなんて、お前もよくやるな。どうしてそこまでする？　車に乗っている時も、途中から様子が変だと気づいていただろう。どうしてあの時、何も行動しなかった。あそこで

逃げ出せば、命だけは助かったかもしれないというのに」

　西沖は答えなかった。答えるつもりもなかったが、飲まされた脱法ドラッグのせいで激しい目眩《めまい》に見舞われていたからというのも理由の一つだ。

　何もかもが面倒になり、このまま自分を包むものに身を委ねたくなる。

「確信が持てない限りは、命の危険を感じても仕事は放り出さないとでもいうのか？」

　そうだ。あの時、確かに西沖は、身の危険を感じながらもまだ残る可能性にかけて津川の隣に座り続けていたのだ。

「すごい度胸だ。殺すには惜しい男だな。鵜飼という刑事を囮《おとり》にして自分を信用させるなんて、したたかさもある。あの刑事とはどんな関係だ？　捜査協力するとは思えないが」

「く……」

「自分の捜査のためなら、同じ刑事でも利用するというのか」

「岸田さんを、殺すよう命令、したのは……」

「あの男か。余計なことをしなければまだ生きていられたのに、馬鹿な男だ。もしかして、仇でも取るつもりだったのか？　赤の他人だぞ」

「あんたのように……、人を……人とも思わない、人間には……わからないだろうな」

「だが、お前に俺を止められない」

「はぁ……、……っ、……っく」

西沖は、自分を包み込むものと闘っていた。周りの景色は霞んで見え、時折虹《にじ》色の光が見える。また、津川の声は遠くになったり近くになったりで安定しない。

「お前の仲間が張り込んでるのは、囮だよ。料亭に現れるのは、資金洗浄とは無関係の政治家だ。ただの会食だよ。偽の情報を摑まされて小躍りすればいい。これから先、無関係な人間の犯罪を追って無駄な労力を費やすことになる。お前の苦労も水の泡だ」

「く……っ」

「お前のために遺書も用意した。筆跡鑑定されても、お前のものと判定されるように書いてある。しかも、お前の指紋つきだ。日本は慢性的な解剖医不足だからな。自殺ということで処理されることになる」

便箋と封筒なんていつ触ったのかと記憶をたどり、ひと月ほど前のオーナールームでのやり取りを思い出した。

やられた。

ファイルを取ってくれと頼まれ、挟んであった中の書類を触った。書きかけの封筒は、指紋を付着させるためのダミーだ。

今さら気づいても遅い。

「あらすじはこうだ。お前は岸田の死について責任を感じていた。ようやく黒幕に繫《つな》がる情報を得ることができて、緊張の糸が切れた。よくある話だよ。お前はずっと死にたかった。岸田を死なせてしまったという罪悪感からも、過酷な任務からもようやく解放される」

なるほど、西沖がどんな男なのかよく考えたシナリオだった。岸田の死について責任を感じていることは、国東も気づいていたはずだ。リアリティがある。

だが、たとえ巧妙に自殺を偽装したとしても、西沖の仲間たちはそう簡単に納得しないだろう。たとえ自殺で処理されても、必ず仲間が仇を取ってくれる。

そして、鵜飼も……。

上からの圧力などには屈しない男は、必ず西沖の死の真相について追ってくれるだろう。

それは、鵜飼に対する信頼だった。刑事としての信頼でもあるし、一人の人間としての信頼でもある。

こんなにも鵜飼に対する信頼を深めていたなんて、自分でも気づかなかった。

「鵜飼という刑事も、そのうち処分してやる。お前に関わったのが運の尽きだ。じゃあな」

西沖の心を読んだかのような言葉を残して、津川はゆっくりと踵《きびす》を返した。ポケットから電話を取り出し、この状況を誰かに報告しているのがわかる。

(……誰、だ……?)

西沖は電話の内容を聞き取ろうと、耳を澄ました。クスリのせいで聞き取りにくいが、断片的に拾うことはできた。

もう終わりました。

漏れていません。

ご心配をおかけしました。

ええ、必ず。

その内容から、津川より立場が上の人間だということがわかった。自由民生党の勝野忠かと思ったが、どうやら違うようだ。その口調からして、もっと力のある相手だと想像できる。

（黒幕、か……？）

そう思った瞬間、決定的な言葉が耳に飛び込んでくる。

「岸田の時は、お手を煩わせました」

その台詞《せりふ》だけは、鮮明だった。

電話の相手は、今回の黒幕だと確信した。資金洗浄に手を伸ばし、捜査員に情報を流して自らも内部告発を試みた岸田を殺すよう命じた人物。岸田の捜査に圧力をかけた人物だ。

今は、西沖の殺害が上手くいったのか報告を受けている。

（誰なんだ……？）

名前を口にしないかと思ったが、たとえ死ぬ寸前の男でも捜査官のいるところで安易に相手の名前を呼ぶようなことはしない。しかも、岸田の件で手を回してもらった内容の会話を最後に、津川の声はほとんど聞き取れなくなっている。

なんとか顔を上げると、津川が車に乗り込もうとするのを霞む視界の中で確認した。

躰が浮いていた。複数の男たちに囲まれ、運ばれている。

見ると、西沖たちが乗ってきた車は、目の届くところに停まっていた。津川もまだあの中にいるらしい。感覚という感覚がぼやけ、ここに来て何時間も経《た》ったような気もしたし、同時に今来たばかりのようにも感じた。

わかるのは、ただ一つ。

舗装されていない山道から少し入ったところが、自分の死に場所らしいということだ。木の枝にぶら下がった自分の姿が、容易に想像できた。

地面に下ろされた瞬間、鼻孔は湿った土のかび臭い匂いで満たされる。

「そっちを頼む」

「ああ」

「急げ」

靴を脱がされたのがわかった。携帯とハンカチは、揃《そろ》えた靴の上だ。そして、遺書。

完璧《かんぺき》な偽装だった。

準備が整うと、首にロープらしいものが巻きつけられ、立たされる。この方法なら、索条痕《さくじょうこん》から他殺と疑われることもないだろう。万が一、検視が行われることになっても、岸田の時と同じように圧力がかかる可能性も大きい。

このまま、殺されるのか。

西沖は覚悟をした。

（もう……駄目だ……）

意識が朦朧《もうろう》として、抵抗らしい抵抗もできない。躰が浮き、首が絞まっていく。頸動脈《けいどうみゃく》が圧迫され、意識はより薄らいでいった。

苦しみはない。

死が、こんなに楽なものだとは思わなかった。やわらかくてふわふわしたものに身を任せていれば、死は自分を包んでくれる。苦しみのない場所へと、連れていってくれる。

もういい。

西沖は、もがくのをやめてゆっくりと力を抜いた。

もういい。

死を受け入れるしかない。捜査は仲間が続けてくれるはずだ。いつか、真実に辿《たど》り着いてくれる。自分の代わりに、岸田の仇を取ってくれる。

しかし、諦《あきら》めに身を委ねようとしたその瞬間、心に突如として蘇《よみがえ》ったものがあった。

鵜飼の姿だ。

何度も心を許してはいけないと自分に言い聞かせたが、できなかった。人としての大事な感情を思い出させてくれた相手だ。一見がさつでデリカシーのない男だが、温かい心を持っている。

約束した。

死なないと約束した。一緒に、インドカレーを食べに行くとも……。

西沖から言い出したことだ。

「う……」

首に巻きついたロープに手を伸ばし、必死でもがいた。

ここで死ぬわけにはいかない。

今、諦めるわけにはいかない。

楽にはなれるかもしれないが、それでは駄目なのだ。楽なほうに逃げてはいけない。苦しくても、つらくても、運命の流れる方向に逆らわなければならない時がある。

自分の運命を、このまま死へと流してはいけない。

その時だった。車のエンジンを吹かす音がして、それは一気に近づいてきた。車と車がぶつかる音がし、ガラスの割れた音がする。いきなり地面に躰が叩きつけられた。怒号。

目の前に、地面があった。

何が起きたんだと身を起こそうとするが、腕に力が入らず、必死で声のほうに顔を向ける。

津川の乗っていた車に、別の車が突っ込んでいるのが見えた。黒のセダンだ。車は勢いよくバックし、もう一度津川の車にボンネットをのめり込ませる。

「何やってる、急げ！」

津川の部下たちが、後部座席から津川を助け出そうとしていた。その間に、セダンの運転席から男が出てくるのが見える。

「鵜飼、さ……」

西沖のほうへ駆け寄ってくるのは、間違いなく鵜飼だった。

駄目だ。

声にならないが、西沖はそう訴えていた。部下の一人が、銃を持っている。極力使いたくはないだろうが、追いつめられれば使うだろう。計画からは大幅に外れるが、このまま捕まるよりいいに決まっている。

西沖の予想どおり、パン、と乾いた音が響き渡り、鳥が飛び立つ羽音がした。

鵜飼が身を屈《かが》め、男たちが襲いかかるのが見える。呻《うめ》き声。鵜飼のものだ。拳《こぶし》を叩き込む鈍い音が、闇に何度も響いた。

（くそ……）

必死で立ち上がろうとするが、躰はいうことを聞かなかった。そうしている間にも、鵜飼は引きずり回され、何度も殴られる。銃でトドメを刺されるのも、時間の問題だ。

しかし、そう思った時だった。

「ぐぁ……っ！」

鵜飼に拳を叩き込んでいた男の一人が、躰を『く』の字に折り曲げて後ろに吹き飛んだ。銃声。さらにもう一人、地面に倒れる。逆転。

三人を相手に、鵜飼は互角に戦っていた。いや、互角以上だ。

その時、車のエンジンが闇に轟《とどろ》き、津川が別の車で逃げ出すのが見えた。追いたいが、今の西沖たちにそんな余裕はない。

「おい、しっかりしろ！」

駆けつけた鵜飼に腕を摑まれて肩にかけられ、立たせられる。腰を支えられてなんとか一歩踏み出すが、足下が悪く、自分がちゃんと立っているかもわからなかった。

「歩け！　逃げるんだよ！」

「……っ、……はぁ……っ、……っく」

「くそ、ドラッグか」

足がもつれ、何度も地面に膝《ひざ》をつきそうになる。鵜飼の声にかろうじて意識を保っているが、今にも気を失いそうだ。

呼吸が苦しくなり、目眩がする。

銃声。

これで、三発目だ。ワルサーPPKの装弾数は七発。薬室にプラス一発と考えれば、残り五発。だが、換えのマガジンを持っていれば、西沖たちが助かる確率はぐんと下がる。

「くそ……っ、応援はまだか！」

後ろから聞こえてくる足音が、近づいている気がした。ハイエナに追われている動物のような気分だ。激しい息遣いは、群れで狩りをする捕食者のものかもしれないが、鵜飼のものかもしれない。

どこか撃たれているのか、微《かす》かに血の臭いを感じた。

「……俺を……置いて……先に……」

「馬鹿なことを言う暇があったら、走るんだよ！」

「……っく、……はぁ……、……っ、……はぁ……」

「走れ！　走るんだ！　走れ！　走れ！　走れ！」

諦めるなと言わんばかりに、何度も叫び声を聞かされる。意識はますます遠のくが、鵜飼の必死な叫びに応《こた》えるように機械的に脚を動かした。

銃声。

もう、何発目かわからない。

死が迫ってくるのを感じながらも、生きなければと思った。これほど必死になって自分を助けようとしている鵜飼に応えるためにも、生きなければと。

鵜飼はまだ諦めてはいない。一人ではなく、二人で助かろうとしている。たとえ銃口が額に当てられても、死を迎えるその瞬間まで諦めないだろう。

それが、鵜飼の強さだ。

だから惹《ひ》かれた。

「……はぁ……っ、……はぁ……っ」

もう二度と先に行けなどと口にしてはいけないと自分の心に刻み、必死に足を動かす。

追っ手はそこまで近づいてきており、まさに絶体絶命といったところだ。だが、銃声に混じってパトカーのサイレンが聞こえた。その音は徐々に大きくなっていく。

振り返ると、遠くで警告灯のような赤い光が見えた。ただの幻覚かもしれないと思ったが、鵜飼の声はそれが現実だと教えてくれる。

「助かったぞ」

その言葉を聞いて、西沖はとうとう力尽きた。膝から崩れ落ちてしまう。もう、一歩も歩けない。それどころか、息をすることもできなかった。

仰向《あおむ》けに寝かされるが、西沖の目にはほとんど何も映っていない。

「おい、大丈夫か！　目を開けろ！」

何度も呼ばれているのがわかった。応えたいが、瞼《まぶた》は開かない。

「くそ、ここまで来て死ぬな！」

徐々に、体温が下がっていく。躰の機能が停止していく。一つ一つスイッチを切っていくように、闇に沈んでいくのだ。

それを押しとどめるように、一定のリズムで胸に衝撃を与えられた。違う。ただ、揺すられているだけなのか。よくわからない。

遅かったのか。もう、自分は死ぬのか。

そう思いながら、かろうじて聞こえる鵜飼の声に耳を傾ける。

（鵜飼、さ……）

目は見えていなかったが、必死で叫ぶ鵜飼の声に目頭が熱くなった。西沖の名前を呼んでいるのか、それとも誰かに助けを求めているのかわからないが、必死なのはわかる。

こんな鵜飼の声を聞くのは初めてで、なぜか心が温かくなった。


目を開けると、白い天井があった。人の気配はなく、静かで、寝心地もいい。

自分はいったいどこにいるのだろう――ぼんやりとしていたが、次第に意識がはっきりとしてきた。一瞬、天国にいるのかと思ったが、すぐに自分の置かれている状況を思い出す。

（そうだ……、俺は、助かったんだ）

腕を動かすと、点滴の針が刺さっていることに気づいた。輸液はまだ半分ほど残っており、身を起こそうとした西沖は再びベッドに躰を沈めた。軽くため息をつき、これまでのことを思い返す。

山中での自殺を装って殺害されかけた西沖はすんでのところで鵜飼に助けられたが、脱法ドラッグのせいで急激に血圧が下がり、意識混濁となった。あの時、一定のリズムで胸に衝撃を与えられたのを感じたが、あれは鵜飼が蘇生《そせい》術を試みたからだったと聞いている。

一度は心肺停止状態に陥ったが、駆けつけた救命士の手により、西沖は蘇生したのである。鵜飼がいなければ、手遅れになっていただろう。息をしていないとわかっても、救急車が到着するまで根気強く蘇生術を続けていたのがよかったのだという。

最後まで諦めないところが、鵜飼らしい。

その時、ドアがノックされてそれがゆっくりとスライドした。入ってきたのは、国東だった。顔をまともに見るのは久しぶりだ。いつも視界の隅で姿を確認する程度で、会話を交わす時も背中合わせだった。

なんだか不思議な感じがする。

「国東さん」

「そのままでいい。具合はどうだ？」

「ええ。もう大丈夫です。すみません。心配かけて」

国東は、果物の入ったバスケットをベッドの横に置いた。同僚たちからの見舞いの品らしいが、大量の果物を自分で剝《む》いて消費するのかと思い、思わず凝視した。それに気づいた国東が、言いたいことはわかっているとばかりに頭を搔《か》く。

「もっと手軽に食べられるものにすりゃよかった」

「気持ちだけで十分ですよ」

「リンゴでも剝いてやろうか？」

「いえ、遠慮しておきます」

軽く笑って、顔を見合わせた。こうして国東とまともに会話を交わすことができる日が本当に来たのだなと、改めてこの現実を噛み締める。

二年は、やはり長かった。

「それで、捜査はどうなったんですか？」

「津川の通話記録から、あの時誰と話をしていたのか突き止めた」

「え？」

「覚えてないのか？　お前、意識を取り戻した時に、津川の通話記録を調べろと言ったんだぞ。自分を殺した報告をしていた相手との会話を聞いたってな。岸田の捜査に圧力をかけた相手らしいとも言ってたぞ」

津川が誰かに西沖殺害の報告をしていたことは記憶にあるが、通話記録を調べるように言ったことまでは覚えていない。

「あの時、津川が報告をしていた相手は誰だと思う？」

国東の口調から、それがかなりの大物であると予想できた。もったいぶらずに教えてくれと言おうとして、先を越される。

「菅田義貞《すがたよしさだ》だったよ」

「菅田？　まさか……」

「ああ」

菅田義貞——元内閣総理大臣ですでに政界を引退しているが、今もその影響力は強く、海外との太いパイプを持っている。非公式ではあるが、つい半年前も中国に渡り、共産党の有力人物とコンタクトを取ったと噂されていた。

外交は水面下で様々な交渉が行われることも多く、菅田のような政治家は外交において重要な役割を果たしている。国益という点では、無視できない立ち位置にいると言っていい。

力のある政治家が汚れた金を手にしているのは驚くべきことではないが、総理大臣にまで上りつめた男となると、これからの捜査が極めて困難になるのは明白だった。

「厄介な相手ですね」

「ああ。だが、どんな人間でも法を犯していいことにはならない。ましてや、殺人まで絡んでるんだ。マスコミも動き出してる。岸田の自殺についても、再捜査されることになった。鵜飼のような刑事もいるしな。誰もが圧力に屈するわけじゃないことを思い知らせてやる」

鵜飼の名前を聞かされ、自分の勝手な行動についてまだ謝罪していなかったことを思い出した。

「すみません。勝手に身元を明かしてしまった」

「ああ。成り行きで仕方なかったとはいえ、身元がばれた報告をしなかったのは問題だ。退院したら始末書だぞ」

「わかってます。でも、信頼できる相手だと思って、身元を明かしました」

「そんなに立派な男なのか」

「はい。犯罪者を許さないという信念においては……。他は知りませんけど」

冗談めいた西沖の言葉に、国東は少しだけ笑った。

「それで、鵜飼さんの怪我《けが》は？」

「怪我？　ああ、撃たれたみたいだが、かすり傷だけだったらしいぞ。元気に帰っていったよ。あの男は、弾のほうから避けるのかもしれんな」

国東の言葉に、なぜか鵜飼が美味しそうに飯を掻き込む姿が頭に浮かび、思わず笑う。

殺しても死なないような男だ。生気を溢《あふ》れさせている。

「お前の命が助かったのは、あの男のおかげだ。俺たちがお前をフォローすべきなのに、まんまと津川の流した偽の情報に踊らされた。不甲斐《ふがい》なくて申し訳ない」

改まった言い方で頭を下げられ、首を横に振った。

それは、西沖も同じだ。

捜査官リストの流出がなければ上手くいっていたとはいえ、様子がおかしいと気づいていながらもギリギリまで撤退せずに津川についていったのは、自分の判断だ。国東たちにばかり責任を押しつける気にはなれない。

「でも、どうして俺の居場所がわかったんでしょうか？　何か聞いてますか？」

「ああ。とんでもない刑事だよ。あの男は」

話によると、十七日に動きがあると聞いていた鵜飼は、当日カジノに顔を出したが、西沖のシフトは休みになっていると聞き、何かあったのだと気づいて行動を起こしたというのだ。

携帯のＧＰＳ機能と警察のＮシステムを使い、居場所にあたりをつけると一人現場に向かった。

車の中で一度だけ着信があったが、あれは鵜飼だったのだろう。

電話に出ず、二度目にかけた時には電源が切られていたことが、西沖に危険が迫っているという確信に繋がった。

「常識外れな男だな。だが、ああいうのがまだいるってことは、警察も捨てたもんじゃないってことだ」

確かに、国東の言うとおりだ。金に目が眩《くら》む人間もいるが、そんな輩《やから》ばかりではない。だから、西沖は助かったのだ。

「じゃあ、そろそろ帰るよ。ちゃんと休めよ」

「はい」

国東が病室を出て行くと、西沖は目を閉じて再びまどろみに身を任せた。点滴の輸液がなくなる頃に看護師が病室に現れたのを、夢うつつに覚えている。潜入捜査の緊張から解き放たれたせいか、次に目を覚ましたのは十二時間後だ。

自分でもよく寝たものだと呆《あき》れる。

それから三日後。西沖は無事退院した。その足で仲間のところに向かったが、部屋はもぬけの殻で全員が出払っている。殺人未遂での捜査に加え、そうなる原因ともいえる資金洗浄についても徹底的に捜査が行われることとなっていたため、西沖はすぐに捜査に合流した。

これまで公にされなかった『警視庁組織犯罪対策課カジノ特区特別管理室』も、その存在が知られることになり、捜査一課との異例の合同捜査が行われている。

元内閣総理大臣も捜査対象となるこの事件は、カジノ特区法案が通ってから資金洗浄が絡んだ最大のスキャンダルとして、連日マスコミを騒がせることとなった。

秋晴れの爽《さわ》やかな空が広がっていた。息を大きく吸い込むと、心地よい空気で肺が満たされる。

喪服に身を包んだ西沖は、あるマンションへと向かっていた。タクシーを降り、軽く深呼吸して目的の部屋を見上げる。

ずっと来られなかった場所だ。ようやく、来ることができた。

けれども、晴れ晴れとした気分とは言えない。これから会う人物に何を言われるかわからないが、それでも向き合わなければならないと覚悟をしてインターホンを鳴らす。

『はい』

「昨日お電話しました、西沖と申します」

『あ、はい。どうぞ』

オートロックが解除され、エントランスの扉が開いた。中へ入ってエレベーターで七階へと向かう。

マンションは新しく、中は明るい光に満ちていた。エントランスの中には応接セットが置かれてあり、住民や来客者が休憩できるようになっている。廊下にはところどころ観葉植物が置かれてあり、管理が行き届いている。

目的の部屋の前に来ると、西沖はもう一度チャイムを鳴らした。すると、中から子供の声がしてドアが開く。最初に目に飛び込んできたのは、小さな女の子の顔だ。続けて、細身の女性が出てくる。

西沖が頭を下げると、彼女は娘に中に戻るよう言ってドアを大きく開けた。

「すみません。いきなりお電話して」

「いえ、どうぞ」

頭を下げて家の中に入った西沖は、リビング横の和室へと案内された。小上がり式で開放的な造りになっている。部屋の隅には仏壇があり、岸田の写真が飾られてあった。その前に座り、線香をあげさせてもらう。

四歳の娘が見知らぬ訪問者に興味津々で、西沖が顔を上げるなり和室の中を覗き込みながら聞いてくる。

「パパのこと知ってるの？」

「うん、知ってるよ。とても正義感が強いパパだったよ」

言ってから、まだ四歳の子供に正義感と言ってもわからないかと思い直し、なんて説明したらいいのか言葉を探した。だが、見つけるまでもなく聞かれる。

「パパは正義の味方なの？」

「そうだよ。正義の味方だよ」

「だから死んじゃったの？」

一瞬、言葉が出なかった。

死をどのくらい理解しているのかわからないが、パパとは二度と会えないということは薄々わかっているらしい。小さな子供にこんな試練を与えることになったことを、心から申し訳なく思った。

「夏菜《かな》。こっちにいらっしゃい」

西沖が返事に困っているのに気づいてか、彼女は娘を自分のところへ呼び寄せた。母親に甘えてだっこをねだる娘を宥《なだ》めて、湯呑《ゆの》みの載った盆を持って和室へ入ってくる。

「すみません。なんでも聞きたがる子で。どうぞ」

「いただきます」

お茶を出され、頭を下げて手をつけた。

まだ若い未亡人を見て、自分の罪を告白していいものか迷った。彼女をより苦しめることになりはしないかと思ったからだ。

けれども、やはり伝えるべきだと覚悟を決める。

「実は、奥さんにお話ししたいことがあるんです」

「私に？」

「はい。事情があって、ずっと線香をあげに来ることができませんでした。ご主人の死は、俺のせいなんです」

「え……」

「ご主人が、内部告発をしようとお決めになったのは、俺がきっかけでした。岸田さんが資金洗浄に気づいていることを知って、俺がコンタクトを取って捜査に役立つ情報を流してもらっていたんです。俺が巻き込んだせいで……、申し訳ありません」

頭を下げるが、彼女は何も言わなかった。それも当然だろう。いきなり夫の死の責任を告白されて戸惑うのも当然だ。

「お詫《わ》びしたところで自分の罪が消えるとも思っていませんが、伝えるべきだと……」

西沖は、もう一度深く頭を下げた。彼女には自分を責める権利がある——そう思い、覚悟する。どんな言葉をぶつけられても、当然だ。

どのくらい経っただろう。沈黙のあと、彼女は言葉を選ぶような仕種をしてから、軽く深呼吸した。どんな非難も受けるつもりでいたが、その口から出たのは予想に反したものだ。

「どうか、頭を上げてください。あの人は正しいことをしただけです。西沖さんが責任を感じる必要はありません」

「え……」

罵《ののし》られて当然だと思っていただけに、驚かずにはいられなかった。顔を上げると、瞳を潤ませた彼女と目が合う。

「あなたが、あの人の背中を押してくださったんですね。本当にありがとうございます」

なぜ礼など言われるのだろうと、疑問ばかりが頭を巡った。責められこそすれ、礼を言われるようなことなど何一つしていない。戸惑いを隠せずにいると、彼女は口許《くちもと》を緩め、懐かしむような目で仏壇の写真に目を遣《や》った。

死んだ岸田に対する、深い愛情を感じる表情だ。

「私、あの人とは高校の時からのつき合いなんです。学校では目立つほうでもなかったし、中心人物になるタイプでもなかったんですけど、優しくて責任感のある人で、そこが好きだったんです」

夫との思い出を語り出す彼女の表情は、穏やかだった。どんな夫婦だったのか想像できる表情を眺めながら、話に聞き入る。

「秘書になってからは、いろいろ悩みもあったようです。世の中にはきれいごとでは片づけられないこともあるのはわかってましたから、葛藤《かっとう》があるんだろうと思ってました。それはわかってたんですが、主人の悩みは段々深くなるみたいで、見ていてとてもつらかったんです。ふさぎ込むことも多くなって。今度のことで再捜査されると聞かされるまでは、本当に自殺したんだと思ってました」

岸田の死について話が及んだ時は、穏やかだった表情は曇った。それだけに、彼女がどれほどの愛情を夫に抱いていたのかが伝わってくる。

「西沖さんが主人の仇討ちのつもりで、危険を顧みずに捜査に当たったと聞きました。それで命の危険に晒《さら》されたと」

「え……？」

「刑事さんがいらしたんです。鵜飼さんと名乗られました。西沖さんが、自分の命を削るような思いで捜査をしてくださったから、再捜査もされることになったって」

言葉が出なかった。

鵜飼もここに線香をあげにきたのだ。そして、西沖のことを彼女に話した。

確かに岸田の仇を取るつもりで捜査していたが、そんなふうに彼女に伝えてくれたなんて驚きだ。

鵜飼の優しさに、また触れた気がする。

「あなたがたに協力を要請されなくても、いずれ内部告発をしたんだと思います。主人が亡くなったのは、あなたのせいではありません。お願いですから、どうか自分を責めないでください。誇れる主人です。娘が大きくなって難しいことが理解できるようになった時、私は娘に主人のことを堂々と話せます。主人が何をしようとしていたのか、真実を聞かせてあげられます。だから、あの人の死から自分を解放してあげてください」

罪の意識を抱く西沖に対する思いやりの言葉に心を打たれ、目頭が熱くなった。言葉が出ず、今度は詫びるためではなく、感謝の意を込めて頭を下げる。

それから西沖は岸田のマンションをあとにし、歩いて駅に向かった。こんな気持ちで岸田のマンションから帰ることができるなんて思っていなかった。救われた気がする。

駅が見えてくると、西沖は改札の近くに背の高い男が立っていることに気づいた。まさかと思うが、近づくにつれてその特徴がはっきりしてくる。

髪の毛はボサボサで、伸びた前髪の間から覗く目は少し垂れ気味だが、その奥には鋭さがあった。猫背なのは相変わらずで、いかにも不良刑事といった立ち姿だ。一見細身かと思えるが、骨太の躰はただ痩《や》せているだけではなく、贅肉《ぜいにく》のない引き締まった躰をしていることがわかる。

「よぉ。元気にしてるな」

「鵜飼さん」

鵜飼の顔を見るのは、何日ぶりだろうか。まさか、こんなところで会うとは思っていなかった。

「線香を上げてきたのか」

「はい」

「晴れ晴れとまではいかねぇが、ちったぁマシな表情になったな。前は死臭が漂ってたぞ」

揶揄《やゆ》され、苦笑いした。確かに、潜入中はそんな臭いを漂わせていたのかもしれない。けれども、岸田の妻の言葉に救われた。もう、以前とは違う。

「鵜飼さんのおかげです」

「なんのことだ？」

「岸田さんの奥さんに、話してくれたんでしょう？」

鵜飼は一度明後日《あさって》のほうを見てしらばくれようとしたが、西沖がじっと見ていると、居心地が悪そうに視線を合わせた。そして、仕方ないとばかりに白状する。

「ああ、あれか。本当のことを言ったまでだよ」

「ありがとうございます」

「礼を言われる覚えはねぇよ。それよりな、俺はあんたに文句があるんだ。顔貸せよ」

言われるなり二の腕を掴まれ、コンコースの隅に場所を移動した。スーツの上から触れられただけだというのに、腕を解放されたあとも鵜飼の手の感覚はいつまでも消えない。その体温まで、感じる気がする。

「あの……なんです？」

人目につかないところに連れ込まれたが、すぐに話を切り出そうとしなかった。黙って自分を睨《にら》み下ろす鋭い視線に、思わずたじろぐ。どんなに訓練を積んだ捜査官で、どんな凶悪な犯人と対峙《たいじ》しても怯《ひる》まない西沖でも、ただ一人だけ例外はいた。

目の前の男だ。

「自分を大事にしろと言ったのに、無茶しやがったな」

「大事にしましたよ」

「どこがだ。津川についていった時、途中で逃げられなかったのか？　あんたならチャンスは

「あったはずだ」

見透かされているとわかり、鵜飼には敵《かな》わないと思った。けれども、今言ったことは嘘ではない。

自殺に見せかけて殺されそうになった時、一度は諦めて死を受け入れかけたが、鵜飼との約束を思い出したのだ。死ぬなという鵜飼の言葉が、脳裏に蘇った。

結果的に鵜飼が助けにきたため、鵜飼にしてみれば同じかもしれないが、それでも死を受け入れたまま助けられたのではない。西沖は助かろうとして、足搔《あが》いたのだ。生きたいと思い、こうして生きている。

それは、自分を大事にできたということだと思う。

「確かに、危険を感じて逃げなかったのはそうですけど、山の中で自殺を装って殺されそうになった時は、鵜飼さんとの約束を守ろうとしたんですよ」

「俺との約束？」

「ええ、したでしょう？」

詳しいことは言葉にしなかったが、それだけでちゃんと伝わったようだ。鵜飼は西沖の目をじっと見てから、それなら仕方ないとばかりにため息を漏らした。それはまるで悪い女に捕ま

ってしまったような、諦めのため息だ。

「なぁ、今日は仕事休みなんだろう？」

「ええ、そうですけど」

「俺の部屋に来ないか？」

猫背の背中をいつもより丸め、耳元でそっと囁《ささや》かれる。ダイレクトな誘いに、なんて返事をしていいのか言葉につまった。

「あんたとの関係をこのまま終わらせるつもりはない」

西沖は間近に鵜飼の表情を見ながら、固まっていた。

言っている意味は十分わかっているが、反応ができない。すると、意味が伝わらなかったと思ったのか、とんでもないことを口にする。

「俺の気持ちを言ってやろうか」

「いやいいですよ」

「遠慮するな」

「やめてください。ここ……外ですから」

「今言わねぇと、また逃げられそうだからな。俺だって驚いてるんだ。よりによって男に惚《ほ》れるなんてな」

「ちょっと待ってください」

「あんたもそんなふうに焦るんだな。いつもクールなあんたがそんな顔をすると、男が疼《うず》くよ。あんたが欲しくなる」

まったくやめる気のない鵜飼に、さすがの西沖も焦りを覚えた。

駅周辺は人も多く、誰もが足早に通り過ぎていくだけで二人が何を話しているかなんて興味を示していないが、わかっていても多くの人がいる場所で平気でできる話ではない。

誰かに聞かれるのではないかと、西沖は気が気でなかった。

「言ったろう？　あんたは俺にとって、容疑者だった。何か訓練積んでそうだと思ってたんだが、津川を守ろうとしたのにあっさり刺されそうになりやがる。敵なのか味方なのか、よくわかんねぇ謎《なぞ》な男だ。あん時はまだ、ただの興味だったよ」

覚えている。

署で事情を聞かれて帰ろうとした時、名刺を渡され、鵜飼とは長いつき合いになりそうだと感じた。西沖にとっても、厄介な刑事だという以上の感情はなかった。

「無理矢理飯に誘った時、あんたが味覚障害ってことに気づいた。その原因がなんなのか知りたくなってな。そっからだよ、捜査対象とは別の意味でも気になりだしたのは……」

西沖は、目元が熱くなるのを感じた。どんなふうに好きになっていったか言葉にされるなんて、いったいなんの拷問だと言いたくなる。

だが、鵜飼はやめない。

「不味《まず》そうに飯喰ってるあんたに、同情した。ストレスため込んで可哀想な奴だってな。だが、それだけじゃない。食べる楽しさを味わわせてやりたいと思うようになったんだよ。俺はどういうわけか、昔から惚れた相手に旨いもん喰わせたくなるタチでね」

動物的だ。だが、鵜飼らしい。

無理矢理連れて行かれた店でのことを、思い出す。

目をつけられ、つきまとわれて面倒だと思ったが、ただそれだけではなかった。鵜飼の食べる姿を魅力的に感じた。性的なものを感じたのも嘘ではない。けれども、西沖が一番惹かれたのはそこではなく、生きる力のようなものだ。自分を犠牲にして捜査をしている西沖にとって、悪党を追いながらも、決して自分を粗末にはしない、自分とは違う鵜飼に何か特別な感情を抱いたのだろう。

「あの、鵜飼さん」

「決定的だったのは、正体を突き止めようと路地で襲いかかった時のあんたの反応だ。腕っ節の強さに驚かされた。ああも簡単に腕をねじり上げられたのは、初めてだったよ。それなのに、あんたは死にたがってるようなところもあった。自虐的なあんたを放っておけなくなった。そん時はもう手遅れだ。どっぷりだ。いつの間にか、どっぷり浸かってた。俺はな、あんな形じゃなく、ちゃんとしたセックスがしたいんだよ。何かを忘れるためでも、洗い流すためでもないセックスがしたい」

「鵜飼さん。もう……わかりましたから、本当にやめてください」

顔が熱くなり、西沖は手で表情を隠しながら鵜飼を制した。

「じゃあ、俺の部屋に来いよ。これ以上焦《じ》らしやがったら、ここで暴走するぞ」

脅して部屋に誘うなんて、聞いたことがない。けれどもそれが鵜飼らしくて、西沖は観念した。

もう逃げられない。鵜飼からは、決して逃げられない。

そして、逃げるつもりもなかった。


鵜飼のマンションは、想像していたものよりずっと綺麗だった。

玄関に入るなりいきなり唇を奪われ、壁に押さえつけられる。膝で膝を割られ、逃げ場がない状態で口づけられた。荒々しいキスは鵜飼らしく、鵜飼という存在に深く酔いしれる。

「ん……、……うん……、……っ、……はぁ……、……んっ」

執拗《しつよう》なまでに唇を貪《むさぼ》られ、息をあげた。激しく求めてくる鵜飼に、体温もあっという間に上昇し、熱に浮かされるように息をしてしまうのだ。まるでタガが外れたように、自分の中で欲望が大きくなっていくのがわかる。

「うん……、んんっ、……ん、……ふ」

ようやく唇を解放されるが、間近から真剣な目で見つめられてますます状況は悪化した。熱っぽい眼差しを注がれて感じるのは、自分でも驚くほどの羞恥《しゅうち》だ。一度躰を重ねている相手と思えないほど、新鮮な恥じらいがある。

「もう、逃がさねぇぞ」

「鵜飼さ……、――んっ！」

再び強引な口づけに酔わされ、西沖も自ら舌を差し出して応えた。鼻にかかった甘い声が漏れるがそれを抑える術などわからず、状況はどんどん悪化する。

その時、ドアの外で子供の声が聞こえた。母親が廊下を走るなと注意している。

すぐ近くで日常の雑音を聞かされ、この行為をより秘密めいたものに感じた。まだ太陽は空の真ん中にあるというのに、男同士でこんなことをしているという事実に、煽《あお》られているのは否定できない。禁忌に踊らされるほど単純ではないと思っていたが、相手が鵜飼だとこんなシチュエーションにも酔えるのだと初めて知った。

鵜飼の手により、これまで知らなかった自分の一面を次々と引き出される。

「今日は……たっぷり時間はあるんだ。俺のしたいことをする」

口づけを交わしながら靴を脱ぎ、部屋の奥へと移動した。

廊下の途中で上着を脱がされ、キッチンの横でネクタイを緩めて引き抜かれる。脱がされたものが床の上に落ちているのを眺めながら、部屋の奥へ奥へと連れ込まれる危機感に、西沖は妙な興奮を覚えた。

まるで猛獣の巣穴に引きずり込まれているようだ。捕らえた獲物をじっくりと味わうために、鵜飼は西沖を自分のテリトリーへと運んでいる。

目的の場所は、奥の部屋だ。開けっ放しのドアからベッドが見え、あそこでじっくりと料理されるのかと思い、昂《たかぶ》った。

「ぁ……っ！」

カーテンが閉じられたままの寝室に入ったところで、スラックスのファスナーに手をかけられた。思わず抵抗しようとしたが、ベッドに押し倒され、下着ごとスラックスを剝ぎ取られる。

「ちょっと……、待……っ」

「散々待った。これ以上は無理な相談だ」

「ぅ……、……っく、……はぁ」

遮光ではないため、カーテンをしていても寝室は十分に明るかった。

布一枚を通して注ぎ込んでくる昼間の光に、より外の明るさを感じさせられ、この行為がことさら秘めたものに思えてならなかった。

時折聞こえる日常の雑音もいけない。

特に無邪気な子供の声は、己の浅ましさと罪深さを強く意識させるものだ。

「後ろめたいか?」

心を読んだかのように、鵜飼がそう言った。

「俺は、後ろめたくなんかねぇぞ。好きだからな」

西沖に馬乗りになったまま、舌なめずりをしながらシャツとズボンを脱ぎ捨てる鵜飼は、魅力的だった。自分が抱かれるほうだと、素直に受け入れてしまう。

逆三角形の上半身。浅黒い肌と引き締まった筋肉。

美しい躰だ。野性的な美に、性的な欲求を刺激される。男に対してこんな感情を抱くなんてどうかしていると思うが、否定などできない。一度だけならまだしも、こうして二度も鵜飼に肌を許していることがその証拠だ。

首筋に顔を埋められ、シーツを握りしめる。

「まだ、あんたの気持ちを聞いてない」

「何……」

「俺はちゃんと言ったぞ」

首筋に這《は》わされる舌に、身を捩《よじ》らせた。

なんて快感だろう。表皮が薄くなったかのように感度はよくなり、微かにかかる吐息にすら感じてしまう。まるで風に吹かれた水面だ。肌は、甘いざわめきに包まれ、狂わされる。

手を取られ、目をじっと見られながら指をゆっくりと舐《な》められた。

なんてことをするのだと抗議しようとしたが、あまりにエロティックな仕種に心は濡れ、食事を愉《たの》しむ獣の姿に魅入られてしまう。

「あんたの気持ちは？」

「俺だって……男を……好きなわけじゃ……ない……、……はぁ……っ」

指を解放されたかと思うと、その視線は硬くなっている中心へと移された。

「あんたがこんなふうになるのは、相手が俺だからだろう？」

「ぁあ、あ、……はぁ……、……っく、……ぁあ！」

中心を握られ、やんわりと擦《こす》られる。鵜飼の手の中で恥ずかしいほど張りつめ、先端から透明な蜜を溢れさせていた。それは鵜飼の手を濡らし、滑りをよくする。

じっくりと味わうような愛撫《あいぶ》に、西沖はたまらないもどかしさを抱かずにはいられなかった。

こんな触れ方をされて平気でいられるはずがない。

「俺だから、こんなになるんだろう？」

「はぁ、……ぁ……、そう、ですよ……、……はぁっ、あ！」

「俺は、あんたのだから握れるんだよ。あんただから、興奮する」

その言葉が嘘でないと証明しているかのように、汗があっという間に噴き出して肌はしっとりと濡れた。微かに鼻孔をくすぐる鵜飼の体臭や汗の匂いが、動物的な部分を刺激し、西沖の理性を溶かしてしまう。

「まさか……、男に惚れるなんてな。だが、認めちまったからには、逃がさねぇぞ」

「ぁ……」

首筋を這う鵜飼の唇にいちいち反応してしまうのが情けないが、ぞくぞくとしたものに声を抑えることはできなかった。唇の間から溢れる嬌声《きょうせい》は、誤魔化すことなどできない。

「感度が悪いのは、味覚だけだな」

「……っ」

揶揄され、いかに自分が鵜飼との行為に夢中になっているのか教えられた。その事実を抵抗なく受け入れられるほど開き直ってはいないが、頑なに否定してしまえるほど現実が見えていないわけでもない。

その言葉どおり味を感じない舌とは裏腹に、鵜飼の愛撫に対する感度は自分でも驚くほどいい。情けないほどに……。

初心《うぶ》な時代はとうの昔に終えたというのに、こういった行為に免疫のない少年のような反応を、西沖はしてしまっていた。

「はぁ……っ、……ぁ……、――あっ！」

中心をやんわりと擦られながら、もう片方の手で脇腹を撫で上げられる。悪戯な指は突起には触れず、周りの柔らかい部分を刺激し、もどかしさに鳥肌が立った。嫌悪とはほど遠いものに身悶え、身をくねらせてしまう。

恥ずかしいくらい反応してしまうのをどうすることもできない。

「はぁ……、……待……っ、……ぁあ」

「いいぞ、一回先にイっとけ。今日の俺はしつこいぞ」

宣言などされても困る。なんとか自分を取り戻そうとするが、状況は悪化していくばかりだ。イきたくて、解放されたくてたまらない。涙で視界が揺れ、目眩まで覚え始めた。

「はっ、あ、……ぁ……っく、……はぁっ！」

親指で先端のくびれを嬲《なぶ》られながら突起に吸いつかれ、躰を反り返らせる。焦らされたぶん欲深くなっているのか、直接の刺激に身も心も悦《よろこ》びに打ち震えた。こんな恥ずかしい姿を晒すことに抵抗があるが、それ以上に欲しがる自分を止めることができない。

「あ、あ、あっ」

腰に腕を回され、より突起を突き出す恰好《かっこう》にされて弱い部分を責められて限界はすぐそこまでやってきた。むしゃぶりつくように、唇と舌で西沖を翻弄する鵜飼を恨めしく思うが、それ以上に悦びが勝っている。

「鵜飼さ……、……ぁ……っく、……待……っ、……ぁあ、あっ、……ぁ……っく、……は……、あ、……んぁ……」

「ほら、イけよ」

観念した。

もう我慢できない。

狂おしいほどの快感に、西沖は胸の突起を突き出すようにしてより強い刺激を求めながら小刻みに下腹部を震わせた。驚くほどあっさりと、鵜飼の手の中に零《こぼ》してしまう。

「は……、ぁあ……、あ、……んぁっ！」

どれほど夢中で快楽を貪っただろうと思うほど呼吸は乱れ、すぐに整わない。半ば放心状態でいると、耳元で色っぽい嗄《しゃが》れ声を聞かされた。

「早かったな。いい傾向だ」

手についた白濁を舌で舐め取った鵜飼を見て、憎らしく感じるとともになんて魅力的な男だろうと思った。ベッドでしか見られないその姿は、悪党を追う刑事の顔とは別の色気があった。

同じハンターでも、本気で相手を叩きつぶそうとする鬼気迫る表情とは違い、愉しみながら狩りをする鵜飼のそれは、男である西沖をもうっとりさせる濃密な色香を溢れさせている。

「今度は後ろだ」

俯せになるよう促されてそうすると、鵜飼はマットレスの下から軟膏《なんこう》のチューブを取り出した。用意周到なところに呆れるが、そうすることになんのためらいも覚えていない態度が魅力的でもあった。

「痛かったら言えよ」

「ぁ……っ！」

いきなり後ろに軟膏を塗られ、指で蕾《つぼみ》を揉《も》みほぐされる。始めはゆっくりと、だが次第に指は強引さを増していき、男を喰い慣れない場所をほぐしていく。

まるで、その味を覚え込ませようとしているかのようだ。

「ぁ……っく、……ぅ……っく、……はぁ……っ」

西沖はシーツを摑み、痛みとも圧迫感とも取れぬ刺激に耐えた。

「綺麗な背中だな。カジノでも、背筋の伸びたあんたの後ろ姿はエロかったよ」

「ぁ……っく、……ぁあ」

鵜飼の視線が自分の背中に注がれている——その思いが、西沖をより淫《みだ》らにさせる。

「ほら、挟めよ」

言われるまま、太股《ふともも》のつけ根のところで鵜飼の屹立《きつりつ》を挟んだ。膝を閉じ、腰を突き出した恰好で組み敷かれると被虐的な気分になる。

鵜飼がやんわりと腰を前後に揺らし始めると、その気持ちはいっそう色濃くなっていった。

自分の中にいる娼婦《しょうふ》の存在が、次第に明らかにされていく。

どこまで連れていかれるのだろうと思った。これ以上剝ぎ取られると、呆れるほどはしたない自分を晒してしまいそうだ。

「んぁ、……ぁ……、はぁ……っ」

欲しがる自分を抑えようとしても、鵜飼の太さを知っているだけに、挿入せずに焦らされているとより欲望は大きくなった。

早く、あそこに欲しい。

自分でも驚くほどの強い欲求を抑える術は、もうなかった。

屹立の先端が裏筋に当たり、さらに追いつめられる。

「はぁ、あ、……ぁあっ！」

うなじをついばまれ、時折歯を立てられて声をあげた。まさに、肉食獣の食事だ。自分をじっくりと味わう鵜飼に、すべて差し出していいと思えてくる。

全部、喰らってほしい。

「挿れるぞ」

耳朶《じだ》に唇を押し当てられながら囁かれ、シーツを摑んだ。しっかりと握った手から何か読み取ったのか、鵜飼の手が重ねられる。指と指をしっかりと絡ませ合ったまま、じわじわと引き裂かれていく快感は言葉にできない。

「はぁ……っ、……あ……っく、……ぁあっ、——ぁぁああっ！」

根元まで深々と収められ、西沖は唇を震わせた。

なんという圧迫感。

後ろをいっぱいにしているものは熱く、そして雄々しく、男であるはずの西沖ですら子兎《こうさぎ》のように震えてしまう。

けれども、収縮する蕾は苦痛以外のものを訴えていた。

「……っく、……相変わらず、狭いな」

西沖を味わうように、ねっとりとうなじに舌を這わされてぞくぞくとしたものが背中を這い上がっていく。さらに耳朶を唇でついばまれ、身を捩らせた。

「あぁ……、ぁ……ぁあ……、あぁ、……あ、あ、……はぁ……っ！」

絡みつくような愛撫で翻弄《ほんろう》されながら腰を引かれ、また深々と侵入される。すぐにでも、イってしまいそうになった。堪えようとするが、シーツに屹立の先端が当たり、鵜飼がより深いところに押し入ってきた瞬間、限界を超える。

「ぁ……、――ぁああっ！」

パタパタ……ッ、と微かな音を立てて、西沖はシーツに白濁を零していた。

信じられない。

先端がシーツに当たっただけだ。しかも、一度イかされたばかりで、時間を空けずに射精したのなんて初めてだった。

鵜飼がクッ、と笑ったのが聞こえる。

「あんたも……そんなふうに粗相するんだな」

後頭部を撫《な》でながら髪の毛を梳《す》かれ、放ったばかりの敏感な躰はたったそれだけのことにも反応した。全身が性感帯になったようになった西沖にとっては、優しく触れる指先ですら愛撫と同じだった。

「どんなに訓練を積んだ優秀な潜入捜査官でも、こっちはド素人だ」

「……っ、い、言うことが……オヤジ、ですよ……、……っ」

「本当のことだ」

繋がったまま恨めしげな視線を後ろに向けると、繋がったまま膝を抱えるようにして躰を回転させられ、再び向き合った恰好になる。

「う……っく」

「そんなふうに粗相されると、イく時の顔も見たくなる」

注がれる熱い視線に、鵜飼の深い愛情を感じた。

「は……っ、……あっ」

やんわりと腰を動かされると、求めてしまうあまり自分を責める腰を抱いた。手でその卑猥《ひわい》な動きを確かめるように、汗ばんだ腰に指を喰い込ませてしまう。

じっくりと責められることに、酩酊《めいてい》していた。欲望のままに暴走するのは面白くないと、たっぷりと味わい尽くしてやろうという動きに、震えるほどの快感を覚える。

「……っ、……相変わらず、指の力が……強いな」

「ぁ……、……はぁ……、……鵜飼、……さ……、……はぁ」

鵜飼の顎の先から汗が滴り落ち、西沖の頬を濡らした。

こんなにも汗だくで誰かと抱き合ったのは初めてだが、鵜飼との行為にどんどんのめり込んでいく。もっと、汚して欲しい。

「この前も……指の力が……強かった。男を抱いてるんだって、思い知らされたよ。……いや、違う。あんたを抱いてるんだって……実感できた」

「ぁあ、あ、……ぁ……、……っく」

「この角度から……、見るあんたは……、たまんねぇな」

なんて悪い顔をするのだと思った。刑事のくせに、色悪そのものだ。しかし、だからこそ惹かれてしまう。自分が男であることすら、忘れてしまいそうになるのだ。

鵜飼がより自分の奥まで来てくれるように、恥ずかしげもなく脚を大きく開いてしまう。

「はぁ……っ、……あぁ、あ」

「どこだ?」

「はっ、あっ、……っく、……んぁ」

「どこが気持ちいいんだ?」

「そこ……、……ぅ……っく、……そこ……っ、……奥、が……」

鵜飼の腰つきが次第にワイルドに、そしてより卑猥になっていくと、西沖は自分を組み敷く男の目を見つめたまま鵜飼を感じた。どんなに激しく突き上げられようとも、目を離すまいと、

涙の向こうに揺れる視界の中に鵜飼を捕らえ続ける。

「……ぁあ、……あ!」

腰つきが次第に激しくなっていくにつれ、その表情に浮かぶ男っぽい色香も濃くなっていった。息遣いは荒く、真剣な目で西沖を凝視している。

鵜飼が舌先を覗かせて舌なめずりするのを見て、心は蕩《とろ》けた。

こんなふうに男を抱くなんて。

こんなふうに自分を抱くなんて。

躰の奥がジンジンと熱くなり、もっと突いて欲しくなった。もっと激しく腰を打ちつけて欲しくて、脚を拡げてより深々と喰い締めようとする。

「まだ、……はっ、足り、ねぇか? ……っく」

「んぁ、あ、あ、……はぁっ」

「さすが、男、だな……っ、……っく、……俺の、ほうが……喰われてる、気分になる」

「はぁ、……あぁ、……んぁ、ぁあっ、あ、――ぅん……っ」

唇を奪われ、より卑猥に腰を使われて夢中になった。時折、下唇を甘嚙みされて、躰をビクビクと痙攣《けいれん》させた。

「ぅん、ん、んんっ、……んぁ……」

まるで、骨の髄までしゃぶり尽くそうとするようなセックスだった。それは、食事をする時の鵜飼を思い出させる。

歯で肉を引き裂いて咀嚼《そしゃく》し、口の周りについた肉汁を舌で舐め取って再び肉にかぶりついて解体していく鵜飼の食べ方だ。

どんなに理性で武装していても、すべて剝ぎ取られ、丸裸にされる。

生《い》け贄《にえ》にでもなった気分になり、鵜飼の腰を強く抱き締めながら、絶頂を目指した。

「はぁ、……ぁあ、あ、あ」

言葉で確認せずとも鵜飼が限界なのがわかり、西沖も迫《せ》り上がってくるものに身を任せる。

「……は……、あ、……んぁ、……ぁあ、……飼、さ……、……鵜飼さ……、もう……っ！」

「いいぞ」

「……はぁ、あ、あ、あ、――ぁぁああ……っ！」

「――っく！」

より深いところを突き上げられた瞬間、熱い迸《ほとばし》りを感じるのとともに西沖も自分を解放した。

自分の中の鵜飼が、痙攣しているのがわかる。

それが収まると、鵜飼はゆっくりと体重を預けてきて、西沖は黙ってそれを受け止めた。

鵜飼の重み。

心地いい重みだ。

ぴったりと合わさった胸板から伝わってくる速い心音にも、心地よさを抱いてしまう。

息が整わぬまましばらくそうしていたが、耳元でふいに囁かれた。

「あんたに、旨いもんを喰わせたい」

突然何を言うのかと思ったが、その言葉の裏には、ストレスからくる味覚障害を治してやりたいという気持ちが隠れていた。楽しく食事ができるような精神状態であってほしいという願いが籠《こ》められている。

深い愛情。鵜飼らしい、温かい気持ちだ。

嬉しい気持ちはあるが、現実はそう甘いものでもないとわかっている。

「……どう、ですかね。……俺は、普通の仕事じゃない、ですし」

「次の仕事が待ってるってのか？」

そうだ。

精神的な負担も考慮して、次の潜入までに時間はくれるだろうが、おそらく必要になればまた次の潜入を開始することになるだろう。一度そうしてしまえば、何年他人になりきって生活しなければならないか、わからない。

「だから、俺に深入りしないほうがいいって言ったでしょう」

正体を明かした時に言った台詞を口にすると、鵜飼は軽く笑った。

「あんたが突然目の前から消えても、必ず捜し出してやる。それに、俺はちゃんと待ってられるぞ。あんたが生きて戻ってこようと思い続けられるように、俺があんたを待ってる」

それは、約束だった。

自分を粗末にしがちな西沖が、捜査よりも自分の命を大事にするよう、もう一度約束しようとしている。

「じゃあ、待っててください。俺がいつどんなところに潜入しようとも、必ず帰ってくるので待っててください」

そう言うと、堅く誓い合うようにどちらからともなく口づけた。

最初は気持ちを伝え合うものから、しかしそれは次第に性的な色を帯びた濃厚なものに変わっていき、貪るように舌や唇を吸い、甘噛みする。

「うん……、……ん、……ぅん……っ」

終わりのない欲望に呆れながらも、鵜飼が荒っぽい息を吐きながらより深く口づけてくると、西沖も獣と化した。

# エピローグ

街にクリスマスのイルミネーションが光る季節に入った。

恋人たちは手を繋ぎ、肩を寄せ合って歩いていた。駅中もクリスマス一色で、街全体が浮き足立っている。

その中を、西沖は一人歩いていた。

久しぶりに会う鵜飼との待ち合わせの時間から、三十分は過ぎている。気持ちを確かめ合ったからといって、休みごとに会うような間柄でもなく、ようやく予定をすり合わせることができても、この有様だ。

刑事同士でつき合うと、こうなっても仕方がない。

改札を出ると、鵜飼を見つけた。長身で少し猫背の、いかにも刑事といったような姿だ。トレンチコートはよれよれで、遠目に見ても年季が入っているとわかる。

西沖が到着したのに気づいて、鵜飼も歩いてくる。

「よぉ、仕事大丈夫なのか」

「なんとか終わりました。すみませんね、遅れて」

「待ち合わせ場所間違ったな。居心地が悪かった。とっとと移動するぞ」

促され、西沖は鵜飼を連れて目的の店へと歩き出した。インドカレーの専門店で、タンドリーの食べ放題もある。以前、事件が解決したら食べに行こうと鵜飼に言った店だ。

結局、すぐに行くことができなくて、ようやく実現できるというわけだ。

「ニュース見たぞ。やっと菅田の名前が表に出てきたな」

「ええ。岸田さんの捜査も随分進みました。科学捜査が進んだおかげで、再捜査でも証拠は十分集められます」

「もどかしいな。相変わらず所轄の刑事はかやの外だ」

不機嫌そうな鵜飼の横顔を見て、口許を緩めた。そう言いたくなるのもわかる。

「でも、鵜飼さんの単独行動も役に立ったじゃないですか。俺が鵜飼さんに助けてもらわなかったら、菅田の名前も闇の中だったんだし。それに、もしあの時間に合ってなくて俺が死んでいたとしても、死の真相を追ってくれたでしょう?」

「そりゃそうだが」

あれからさらに捜査は進み、『Paradise Hotel & Casino』を利用した資金洗浄における、勝野忠や佐々木登、そして有本達夫《ありもとたつお》らの金の流れが、次第にはっきりしてきた。元内閣総理大臣である菅田も例外ではなく、主犯格として調べが進められている。

西沖に対する殺人未遂事件に誰がどこまで関与していたのかも捜査の途中で、岸田の自殺に関する再捜査と、事件は複雑になっているため時間はまだかかりそうだが、それでも少しずつ真相が明らかにされているのは間違いない。

「腹減ったな。店はまだか？」

「もうすぐです。あの通りの向こうに……」

目的の店が見えてくると指さしたが、どうも様子がおかしい。嫌な予感がして、ゆっくりと手を下ろした。

「どうした？」

「いえ……ちょっと……」

店の前に、看板は出ていなかった。しかも、明かりもついていない。

「もしかして、あの電気のついてない店か？」

鵜飼を見ると、恨めしそうな顔をしている。そんなふうに責めなくてもいいじゃないかと思うが、育ち盛りの中学生のような食欲をいつも披露してくれることを考えると、そんな顔をしたくなるのも当然だと思えてくる。

「潰《つぶ》れてんじゃねぇか？」

「そうと決まったわけじゃ」

近づいていくと、店はまだあったがやはり閉まっていた。扉には貼り紙がしてあり、来週の日曜日まで休みだと書いてある。どうやらお祝い事でインドに帰っているようだ。さすがにこの展開は予想しておらず、店の前に佇《たたず》んでしまう。

「つまり、タンドリーは喰えねぇってことか？」

「ネットで店休日は調べてたんですけど」

「ったく、ツメが甘いんだよ。仕事の能力をどうしてプライベートでも発揮できねぇんだ、あんたは」

恨めしげに言われるが、何も言い返せずため息をついた。確かに、ツメが甘いと言われても仕方がない。

実は店のサイトがなかったため、店休日は口コミサイトを見たのだった。店の細かな情報も載っているサイトだが、さすがに変則的な休みまでは網羅していない。

思えば、昔女性とつき合っていた時も、デートプランを立てるのは苦手だった。手抜きだと怒られたこともある。

「残念。せっかく、味がわかるようになってきたのに」

その言葉に、鵜飼が息を呑んだのがわかった。視線を合わせると、驚きすぎているのか、取調室の刑事の顔になっている。しかも、把握していなかったとんでもない犯罪を容疑者が告白した時の顔だ。

「今なんて言った？」

「だから、味がわかるようになってきたんですよ。まだ少しですけど」

潜入捜査が終わってから、西沖はマメにカウンセリングを受けるようになっていた。鶏飼と食事をしたかったからだ。食事をする楽しみを見せられ、味覚を取り戻したいと前向きに治療に取り組んでいる。

そのおかげでまだほんの少しだが、味覚障害に改善が見られるようになったのだ。このまま治療を続ければ、きっと治るだろうと担当医にも言われた。

鶏飼は呆気《あっけ》に取られていたが、怒ったような不機嫌そうな表情になる。

「早く言え」

「だから今言ってるじゃないですか」

「なんだその屁理屈《へりくつ》は」

「屁理屈ですかね」

「屁理屈だよ。まぁいい。せっかくだ。俺の知ってる店に喰いにいくぞ。連れていきたいところはごまんとある」

「どこに連れていってくれ……、――んっ」

いきなり後頭部を摑まれ、引き寄せられたかと思うと乱暴に唇を奪われた。

症状の改善を喜んでくれているのか、道端でするには随分濃厚なキスだ。通りすがりの若い女性が、二度見して立ち去っていくのが見えた。

唇を離されると、手で口許を覆い、表情を隠す。やることが滅茶苦茶すぎて、怒る気にもなれない。

「こんなところで……」

「いきなり驚かすのはお互い様だろうが。嬉しいんだよ。キスさせろ」

他人の目など気にしていないようで、そう言われたかと思うと腕を掴まれ、もう一度顔を近づけられる。

「ちょっと待ってくださいよ。もういい加減に……、――んっ」

手で制止しようとしたが、また強引に口づけられる。さらに腰に腕を回された。もがくが、力で敵う相手ではないと諦める。

鵜飼とのキスは、タバコの味がした気がした。

# あとがき

こんにちは。もしくははじめまして。中原一也《なかはらかずや》です。

今回はパラレルというか、もし日本にカジノがあったら……、という設定でお話を書いてみました。カジノ特区についての議論がちょうど盛ん（？）になっていた時期に浮かんだネタでございます。

難しい話はよくわからないんですが、経済や政治関連のニュースは結構好きで、時間がある時はよく見ています。実際にあった事件からネタが出てくることもあって、今回はまさに政治家の方や有識者やコメンテーターの方の間でカジノ特区について議論をされている様子を見て思いつきました。

政治の世界って、かなり面白いです。

いい人間がいい政治家なんてのは理想で、現実はそうではなく、豪腕な悪人が外交において力を発揮して国益に貢献するなんてよくある話……だと思います。いや、だから詳しくないんですってば。でも、詳しくないながらも、東京ではなかなか話せない際どいお話をしてくれる関西の某番組を見ながら、政治の世界での駆け引きを妄想して萌え萌えしております。

私たちに与えられる情報はどこまでが本当なのだろうとか、失脚したあの政治家は実は大きな力に抗えずに嵌められたんじゃないだろうかとか。いや、でもありそうですよね。情報なんて簡単に操作できそうですよ。力のある人間のひとことで証拠だって簡単に捏造できそうですし。清廉潔白な人間を黒にするなんて簡単です。

こんなことを公の場で書いたら、暗殺されるかも……。（いやそれはない）

もう少し勉強して、政治の世界を舞台にしたお話も書いてみたいです。有権者の前では笑顔を絶やさないオバチャンキラーの三十二歳若手政治家（実は極悪人）。お、いいかも。

それでは、挿絵を描いてくださった小山田《おやまだ》あみ先生。素敵なイラストをありがとうございました。いろんな作品で挿絵をつけて頂いてますが、今回も素晴らしく色気のある男たちを書いて頂いて、大変感謝しております。苦労して書いたご褒美を頂いた気分です。

それから担当様。いつもご指導をありがとうございます。作家になって十年以上経っているのに、書けば書くほど自分の未熟さを思い知らされるばかりです。ですが、まだスキルを上げられると信じて机に向かっております。これからもビシバシご指導お願いいたします。

最後に読者様。この作品を手にとって頂きありがとうございます。作品は楽しんで頂けましたでしょうか？　思うように書けないもどかしさに初心を忘れそうになることもありますが、そんな時、読者さんのお声にまた頑張ろうと励まされることも多いです。

私の作品が、皆さんの日常に潤いを与えることができれば幸いです。

中原　一也

この本を読んでのご意見、ご感想を編集部までお寄せください。

《あて先》〒105－8055　東京都港区芝大門2－2－1　徳間書店　キャラ編集部気付
「ブラックジャックの罠」係

Chara

# ブラックジャックの罠

………………【キャラ文庫】

■初出一覧
ブラックジャックの罠……書き下ろし

2013年8月31日　初刷

著者　中原一也
発行者　川田　修
発行所　株式会社徳間書店
〒105-8055　東京都港区芝大門2-2-1
電話048-451-5960(販売部)
03-5403-4348(編集部)
振替00140-0-44392

印刷・製本　図書印刷株式会社
カバー・口絵　近代美術株式会社
デザイン　みぞぐちまいこ&百足屋ユウコ(ムシカゴグラフィクス)


ISBN978-4-19-900723-1